KB136330

2016

# 글길문학 43

글길문학동인회

▼ 2015년 12월 23일 글길문학동인회 송년회 및 42집 출판기념회

▼ 2016년 1월 13일 글길문학 정기모임 ▼ 2016년 2월 17일 글길문학 정기모임

▼ 2016년 3월 9일 글길문학 정기모임

▼ 2016년 4월 7일 글길문학 정기모임

▼ 2016년 5월 11일 글길문학 정기모임

▼ 2016년 6월 8일 글길문학 정기모임

▼ 2016년 6월 17일 안양문협 시화전

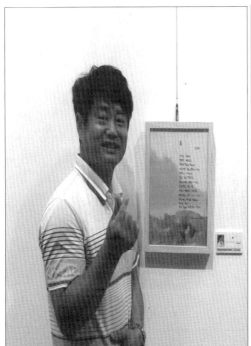

▼ 2016년 8월 10일 글길문학 정기모임

▼ 2016년 8월 25일 안양 김용원 작가와의 만남

▼ 2016년 9월 27일 새마을 문고 독후감 심사  ▼ 2016년 10월 12일 글길문학 정기모임

▼ 2016년 10월 14일 제 45회 관악백일장

▼ 2016년 10월 20일 안양작가 박공수와의 만남

2016

# 글길문학 43

글길문학동인회

## 글길문학 제43집을 발간하며

**김용원** 글길문학동인 회장

2016년 글길문학의 해였어야 했는데 아쉬움으로 가득 합니다
개인적으로 너무 바쁘다 보니 이렇게 글길문학의 발간사를 쓰다 보면 주마
등처럼 한 해가 바람처럼 스칩니다.

작가로서의 소임을 다 하지 못한 한 해였습니다.

나름 애국심으로 독도 알림이를 자청해서 독도홍보와 독도방문을 무사히
마치고 더욱더 강건한 애국심으로 돌아왔습니다.

오산 소녀의 상 건립추진위에서 작은 역사의 한 페이지를 쓰면서 제막식
날 가슴이 너무 뜨겁고 힘없는 나라의 한과 진심 어린 사죄를 모르는 일본에
대한 원망, 또 내가 우리가 할 일이 무엇인가 재조명하는 시간이었습니다.
22만의 소도시 오산시에 새로운 역사를 쓰면서 "역사를 잊은 민족에게는 미
래가 없다"는 강한 희망으로 오산시민의 한마음 한목소리로 오산시청에 소
녀상을 건립했다.

나름 자랑스러운 일들을 했지만, 실제 글길문학회에는 부끄럽고 미안한 마음이 듭니다. 나름 신경을 쓴다고 썼지만, 뒤돌아서면 반성을 합니다.

늘 한 해를 보낼 때면 회장으로서 새해의 다짐과 시작은 더 깊숙한 글길문학회로 나아갈 길을 찾고 모색하지만 오늘 지금 이 순간에는 또다시 지난 해 오늘이 기억납니다. 작은 식구들로 매월 둘째 주 수요일, 정해진 날에 모여서 함께 해주신 글길문학 동인님들께 감사드립니다. 또한, 크게 감사해야 할 분은 글길문학 모임 날이면 늘 잊지 않으시고 먼저 오늘이 모임 아니냐고 기억하시는 김대규 선생님께 다시 한 번 감사드립니다.

2017년도는 신입 회원님들의 날이 되시고 새로운 시작을 준비하는 한 해가 되었으면 합니다.

아울러 김대규 선생님의 건강을 두 손 모아 빕니다.

저 자신이 작은 마중물 되어 다시 시작하는 글길문학회가 되기를 소망합니다.


봄에는 희망으로 여름이면 푸르름과 그늘

우리에게 다가오고 가을이 되면 사랑으로 옷을 하나씩 갈아입고

천천히 낙화할 때면 그 사람 생각나게 하는 나뭇잎

오늘은 소복이 발아래에서 바스락거린다.

제발 나를 밟고 가세요.

옆에는 미화원의 손에 포박되어 자루 가득 담겨져 아우성으로 합창을 한다.

한 줌의 재가 되어

어느 이웃의 농장에 거름이 되어 다시 태어나는
좋은 꿈을 가진 나뭇잎들의 합창
나의 시도 포박되어 이우성치고 싶다 한다.
어디론가 실려 가 그 누구의 걸음이 되었으면 한다.

우리 글길문학 회원님!
새해에는 좋은 글로 세상에 큰 소리로 지금 우리나라 정치처럼 화두가 되어
떠들썩했으면 하는 바람으로 인사를 대신 합니다.
감사하며 건강하시기 바랍니다.

2016년 12월

## 고향은 지금

내 고향에는 가을걷이가 지금도 한다

자주 내린 비 때문에 소 먹일 짚이 아직 논에서 추수하지 못했다

어머님께선 소 때문에 쌀농사를 한다고 하신다

과연 우리들 식탁 위에 하얀 쌀밥이 얼마나 올라오는가

오래전부터 부자로 살아온 판기 형님은

집 아래 논에 미꾸라지를 키우신다

술을 자주 마시는 형님은 아침이면 눈이 퉁 부어 다니신다

쌀농사보다 몸에 좋은 자연산 미꾸라지를 선택하셨다

논이야 황폐해져 동네어른들의 입방아에

오르내리지만 아랑곳하지 않는 형님

여기서 수확한 쌀을 유기농 했다

앞으로 우리 시골 논들은 쌀에 대한 애착보다

개구리 울음소리가 더 싱싱할 것이다

나 같은 시골 촌놈들은 천천히 고향으로 갈 생각을 한다

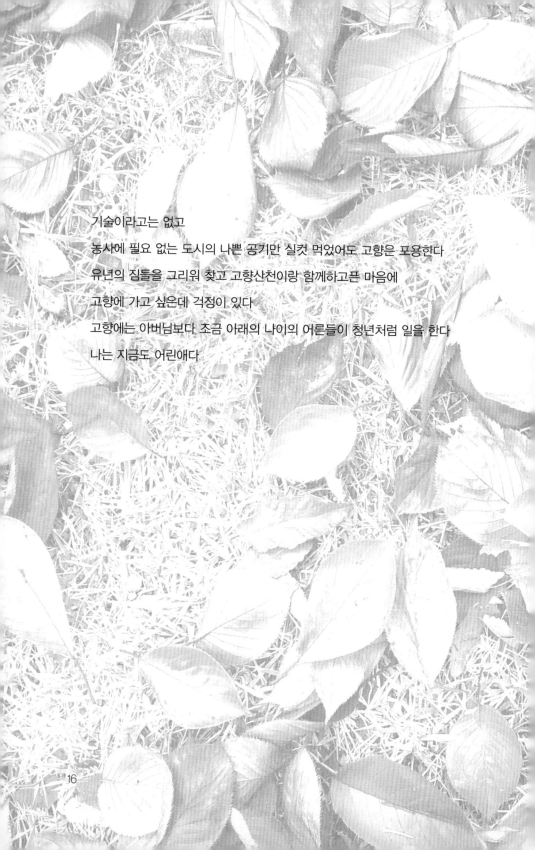

기술이라고는 없고

농사에 필요 없는 도시의 나쁜 공기만 실컷 먹었어도 고향은 포용한다

유년의 짐들을 그리워 찾고 고향산천이랑 함께하고픈 마음에

고향에 가고 싶은데 걱정이 있다

고향에는 아버님보다 조금 아래의 나이의 어른들이 청년처럼 일을 한다

나는 지금도 어린애다

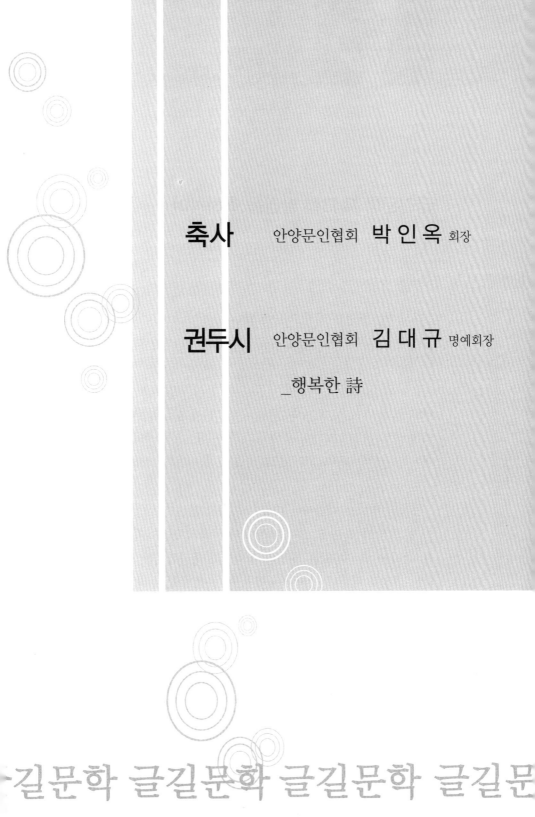

**축사**  안양문인협회  **박 인 옥** 회장

**권두시**  안양문인협회  **김 대 규** 명예회장

_행복한 詩

안양문인협회 **박 인 옥** 회장

# 글길문학 제43집 발간을 축하하며

다사다난 했던 한해가 저물어 갑니다.
먼저, 글길문학 제43집 발간을 진심으로 축하드립니다.

우리 글길문학동인회 동인님들은 올 한해 어떻게 보내셨나요? 아마도 녹록지 않은 현실 속에서도 생업과 함께 끊임없이 글쓰기 작업에 몰두 하셨으리라 짐작해 봅니다. 또한, 그 열정의 결과물들이 여기 글길문학 제43집에 고스란히 담겨졌을 거라 생각합니다.

문학의 정도는 편법이나 대충이 통하지 않는다고 생각합니다. 많이 읽고 많이 쓰는 오로지 그 행위가 문학의 정도이며 좋은 글, 좋은 작품을 쓸 수 있는 최선의 방법이라 생각합니다. 물론 지치지 않는 열정과 체력도 당연히 따라 줘야 하겠지요. 우리 글길문학 동인님들은 그 원칙에 충실하실 거라 믿어 의심치 않겠습니다.

글길문학 동인회 여러분!
항상 감사드립니다. 여러분들은 저희 안양문인협회에 없어서는 안

될 구성원이며 큰 버팀목입니다. 그 점 잊지 마시고 내년에도 열심히 도움주시며 함께했으면 좋겠습니다.

　다시금 글길문학 제43집 발간을 진심으로 축하드리며 마지막으로 글길문학 제43집을 발간하느라 애쓰신 김용원 회장님과 글길문학 동인님들 정말 고생 많았습니다. 그리고 아직도 열정적으로 여러분들을 지도해 주고 계시는 김대규 시인님의 건강과 안녕을 진심으로 기원합니다.

2016년 12월

안양문인협회 **김 대 규** 명예회장

권두시

# 행복한 詩

태어난 집터에서 76년째 살고 있다.
그리 흔한 일이 아니다.
그 동안 동네가 몰라보게 변했지만
그 옛날 숨바꼭질하던 골목 하나가
고맙게도 그대로 남아 있다.
그 골목으로 들어서면 금방 어린 시절이다.
일부러 그 골목길을 가보곤 한다.

더 고맙기로는 그 골목 입구에
어려서 기어오르던 나무 한 그루가 그대로 있다는 것이다.
그때의 어른들은 한 분도 남아 있질 않아
이젠 그 골목길 인근에서
그 나무 다음으로 내 나이가 제일 많다.
이런 시를 쓸 수 있어 참 행복하다.

그 골목은 나의 동화이고
그 나무는 우리 마을의 설화이다.

시와 시론 동인, 안양문인협회 명예회장
시집 : 『흙의 노래』, 『외로움이 그리움에게』등
산문집 : 『사랑의 팡세』등
평론집 : 『무의식의 수사학』, 『해설은 발견이다』등

# 43 <sub>2016</sub> 글길문학

【동인문단】

# 詩

## 隨筆

## 童話

## 詩評

# 기고

# 글길문학 소개

저희 글길문학동인회(이하, 동인회)는 처음엔 '근로문학동인회' 라는 이름으로 1981년 9월 그해 안양상공회의소가 실시한 '근로문학상' 공모에서 입상한 입상자들이 중심이 되어 동인회를 결성하며 첫발을 내딛었습니다.

그러다 참여 동인들의 면면이 다양해지면서 1999년 '서돌문학' 으로 개명 되었다가 2002년 다시 '글길문학동인회' 로 개명, 현재에 이르는 35년의 역사를 가진 안양지역 대표적인 문학단체입니다.

초기 참여했던 동인들은 안양, 군포, 의왕지역의 산업체에서 일하는 근로자들이 대부분이었습니다. 그들은 안양을 대표하는 김대규 시인과 바람의 시인 故안진호 시인을 지도 선생님으로 모시고 그분들의 지도아래 각자 산업현장에서의 다양한 체험을 문학작품으로 승화시켜 냈으며 또한 문학에 대한 열정과 사랑을 실천하며 문학 강연회, 시화전, 문학의 밤 등 다양한 문학행사들을 진행하였습니다.

이러한 열정적인 활동상은 언론에 알려졌고 1984년 KBS 제2TV '사랑방중계' 라는 프로에 소개된 것을 필두로 1987년 8월 KBS 제3TV 'TV문예' 9월 KBS 제2라디오 '내 마음의 시' 1992년 EBS '직업의 세계' 그리고 기독교방송 '사람과 사람' 등에 소개되며 전국적으로 동인회가 알려지는 계기가 되기도 했습니다.

그러던 중 동인회는 그동안 신입 동인들의 배출창구 역할을 하던 '근로문학상' 공모의 주관자인 안양상공회의소 사정으로 18회를 마지막으로 폐지되면서 참여 동인들이 직장인, 가정주부, 학생 등 다양하게 참여하게 되면서 새로운 변화를 맞이합니다.

그 계기로 1999년 특정층을 표현하는 '근로문학동인회' 라는 명칭을 대신해 '서돌문학동인회' 라는 이름으로 개명하게 되었고 다시금 2002년 '글길문학동인회' 라는 이름으로 개명하여 현재에 이르고 있습니다.

동인회는 시, 수필, 소설, 동시, 동화, 평론 등 다양한 문학장르를 아우르며 활동했으며 수많은 동인들이 신춘문예를 비롯한 유수한 문학지를 통해 등단하였으며 또한 많은 문학상 입상자를 배출하였습니다.

동인회의 대표적인 정기적 간행물로는 1981년 12월 '근로문학' 으로 창간하여 현재 42집까지 발행된 '글길문학'이 있으며 1985년 창간하여 현재 244호까지 발행된 '글길' 과 정기적인 행사로는 매년 진행하고 있는 '글길 시화전' 이 있습니다.

저희 글길문학동인회는 문학에 대한 순수한 열정을 바탕으로 생활 속의 다양한 소재를 문학으로 꽃피우고 있으며 보다 가치 있는 삶과 안양지역 문학발전에 공헌하는 문학단체로 자리매김 하기 위해 열심히 노력하고 있습니다.

# 글길문학동인회 연혁

| | |
|---|---|
| 1981. 9.25 | 근로문학 창립총회 |
| | (초대임원:회장/한석홍, 부회장/김세진 |
| | 편집장/이필분, 총무/이경희, 감사/이재선) |
| 1981. 12. | 편운 조병화 시인 초청 문학 강연회 |
| 1981. 12.12 | 시화전 및 '근로문학'창간호 발행 |
| 1982. 5.27 | 제1회 문학의 밤(박범신 소설가 초청 문학 강연) |
| | 제2회 시화전 개최 |
| 1982. 8 | 정규화 회원 '창비'시부문 등단 |
| 1983. | 근로문학 여름호 제4집 발행 |
| 1984. | 근로문학 신춘호 제5집 발행 |
| 1984. 11.17 | KBS 제2TV '사랑방중계' 프로에 근로문학소개 |
| 1984. | 근로문학 제6집 발행 |
| 1985. 9.9 | 글길창간호 발행 |
| 1985. | 근로문학 7집 발행 |
| 1986. | 근로문학 8집 발행, 남한강 문학수련회 |
| 1987. 2 | 서울신문에 '전국제일의 동인단체' |
| | 근로문학 기사 게재 |
| 1987. | 근로문학 제9집 발행, 김대규 시인 초청 문학강연회 |
| 1987. 8 | KBS 제3TV 'TV문예' 프로에 근로문학 소개 |
| 1987. 9.6 | KBS 제2라디오 '내 마음의 시' 프로에 최재석 |
| | 유명숙 회원 시낭송 |
| 1987. 12 | 근로문학 겨울호 제10집 발행 |
| 1989. 6 | 글길문학상 제정(제1회 수상자 양한민) |
| 1990. 4.6 | 김기택 시인 초청 문학 강연회 |
| 1989. 6 | 근로문학 제15집 발행 |
| 1990. | 근로문학 10주년 기념 특집호 16집 발행 |
| 1991. | 근로문학 제17집 발행, 제9회 문학의 밤 |
| 1992. 4.21 | EBS '직업의 세계', 기독교 방송 '사람과 사람' |
| | 프로에 근로문학 소개 |

| | |
|---|---|
| 1992. | 근로문학 제18, 19집 발행 |
| 1993. 5.21 | 글길 지령 100호 발행 |
| 1993. | 근로문학 제20집, 21집 발행 |
| | 제10회 문학의 밤 개최 |
| 1994. 10.26 | 제10회 근로문학 이동시화전 개최 |
| | (기아자동차 등) |
| | 근로문학 제23집 발간 |
| 1995. 10.27 | 윤후명 소설가 초청 문학좌담회 |
| 1995. | 근로문학 제24집 발행 |
| 1996. | 근로문학 제25집 발행 |
| 1997. 12 | 근로문학 제26집 발행 |
| 1998. 5 | 글길 지령 160호 기념 글길 통합본제작 |
| 1998. 10 | 서경숙 회원 '월간문학시' 부문 당선 |
| 1998. 12 | 근로문학 제27집 발행, 근로문학 독립 |
| | (안양상공회의소 구조조정) |
| 1999. 1 | 석철환 회원 '농민신문' 신춘문예 소설 당선 |
| 1999. | 유수연 회원 '시안' 신인상 당선 |
| 1999. 8 | 서경숙 회원 '현대시학시' 부문 당선 |
| 1999. 11 | 근로문학 제28집(개명 서돌문학) 제1집 발행 |
| 2000. 11. | 근로문학 29집(서돌문학 제2집) 발행 |
| 2000. | 글길 9-181호 발행 |
| 2001. 12 | 근로문학 20주년 특집호 제30집 발행 |
| 2002. 12 | 글길문학 31집 발행 (서돌문학에서 개명) |
| 2004. 5 | 글길문학 32집 발행 |
| 2006. 12 | 글길문학 33집 발행 |
| 2007.1 | 김기동회원 '심상' (시)에세이문학(수필)당선 |
| 2007. 5 | 글길 지령 200호 특집 발행 |
| 2007. 6 | 이무천 회원 '좋은문학' (시)당선 |
| 2007. 8 | 글길문학 동인 안양문인협회 시화전 참여 |
| | 하계 야외 문학토론회 개최(안양예술공원) |

| | |
|---|---|
| 2007. 11 | 유승희 회원 '순수문학' (시) 당선, 최정희 회원 '화백문학' (시) 당선 |
| 2007. 11.27 | 글길문학 제34집 (동인 특집호) 발행 |
| 2007 | 글길 196호-204호 발행 |
| 2008. 5 | 글길 지령 제 208호 발행 |
| 2008. 5 | 제11회 글길문학 시화전 개최 |
| 2008. 10 | 글길문학 바다 배낚시 기행 |
| 2008. 12.12 | 글길문학 제35집 발간 |
| 2008. 12.30 | 안양문학60년사 및 안양문학19집 출판기념회 |
| 2009. 1.23 | 글길 213호 발행 |
| 2009. 3.26 | 정재원동인 시집 출판기념회 개최 |
| 2009. 4.9 | 글길문학기행 만해마을 방문 |
| 2009. 5.22 | 안양문인협회 시화전 참여 |
| 2009. 6.12 | 제12회 글길시화전 개최 |
| 2009. 7.11 | 글길모꼬지(홍천)진행 |
| 2009. 9.18 | 글길 219호 발행 |
| 2009. 10.23 | 글길 220호 발행 |
| 2009. 12.11 | 글길문학 제 36집 발행 |
| 2009. 12.17 | 박공수 동인 시집 출판기념회 |
| 2010. 5.1 | 김용원,소명식동인 등단 |
| 2010. 8 | 글길 228호 발행 |
| 2010. 10.22 | 제39회 관악백일장 참여 |
| 2010. 11.26 | 김대규시인 출판기념회 |
| 2010. 12.23 | 글길문학 제37집 발행 |
| 2011. 1.20 | 김용원 회장 시집 출판기념회 |
| 2011. 5.13 | 최정희부회장 시집 출판기념회 |
| 2011. 5.13 | 안양문인협회 시화전 참여 |
| 2011. 8 | 글길 229호 발행 |
| 2011. 10.22 | 제40회 관악백일장 참여 |
| 2011. 11 | 글길 230호 발행 |
| 2011. 12.17 | 글길문학 제 38집 발행 |

| | |
|---|---|
| 2012. 4. 5 | 제4회 안양군포문인 한마당 참가 |
| 2012. 6. 8-13 | 안양문협 시화전 참가 |
| 2012. 8 | 글길 231호 발행 |
| 2012. 10. 19 | 제41회 관악백일장 참여 |
| 2012. 10. 26 | 글길 232호 발행 |
| 2012. 12. 19 | 글길문학 제39집 발행 |
| 2013. 4. 21 | 제5회 안양군포문인 한마당 참가 |
| 2013. 5. 20 | 김용원회장 제2시집 출판기념회 |
| 2013. 6. 8-13 | 2013년 안양문협 시화전 참가 |
| 2013. 10. 18 | 제42회 관악백일장 참여 |
| 2013. 12. 17 | 글길문학 제40집 발간 |
| 2014. 1. 11 | 안양문협 신년산행 참가 |
| 2014. 1. 12 | 글길 233호 발행 |
| 2014. 3. 12 | 글길 234호 발행 |
| 2014. 6. 13-18 | 2014년 안양문협 시화전 참가 |
| 2014. 10. 6 | 신준희 동인 가람시조백일장 수상 |
| 2014. 10. 24 | 제43회 관악백일장 참여 |
| 2014. 11. 29 | 제19회 전국안양시낭송대회 참여 |
| 2014. 12. 20 | 글길문학 제41집 발행 |
| 2015. 3. 15 | 안양문협 신년산행 참가 |
| 2015. 4. 12 | 글길 235호 발행 |
| 2015. 5. 15-20 | 2015년 안양문협 시화전 참가 |
| 2015. 9. 1 | 신준희 동인 시조시학 수상 |
| 2015. 10. 15 | 글길 236호 발행 |
| 2015. 10. 23 | 제44회 관악백일장 참여 |
| 2015. 11. 11 | 글길 237호 발행 |
| 2016. 1. 13 | 글길 238호 발행 |
| 2016. 2. 17 | 글길 239호 발행 |
| 2016. 3. 9 | 글길 240호 발행 |
| 2016. 4. 21 | 글길 241호 발행 |
| 2016. 5. 11 | 글길 242호 발행 |

2016. 6. 15    글길 243호 발행
2016. 8. 10    글길 244호 발행
2016. 8. 25    김용원 회장 안양작가와의 만남 진행
2016. 10. 14    제45회 관악백일장 참여
2016. 10. 20    박공수 부회장 안양작가와의 만남 진행

_문학단체 대표들의 작품을 만나다

# 넝쿨에 조롱박 열듯 외 1편

오늘 내 이 봄날은
왜 이리 더디 가는지
연초록 구부정한 풀피리 꺾어 불면
버들잎 낭창 휘이며 노고지리
울 것 같은데
멈춰 섰던 꽃바람이 보리고개 밀고 갈 때
이고 진 그들 뒤에 나를 안아 업고 가신
어머니 그 야윈 등이
눈에 삼삼 어립니다
화단에 물을 주는 아내의 여린 손등에
깊게 패인 잔주름과 긴 세월을 얹고 보니
그 모습 애잔한 터에
어머니가 있습니다
오늘 내 이 봄날이 더디고도 느린 까닭은
당신의 모습에서 어머니를 보았음에
눈물이 발길을 막아
강이된 탓입니다
물장구치듯 살아온 내 삶 내 뒤란에는
내내 귀뚜라미 같은 이명만이 있는데

어머니 목소리 들려 넘치도록 받은 시심
하여.
다시 내 가슴에 꽃이 피고 새가 울고
길에서 화두를 줍듯
삶을 지펴 가나니
넝쿨에 조롱박 열듯
미소 만발 합니다

# 마등산 6

통나무 의자

나비가 날아 앉듯
낙엽 한 잎 앉았다

숲의 고요를 깨는
풀벌레 울음소리

그날은
가을비가 밤새 내렸다

## 김선우

1945년 경기 오산 출생
월간(문예사조), 계간(한국작가)로 등단
오산시인협회장 역임
한국문인협회 회원
한국작가 동인회 부회장
사단법인 한국국보문인협회 자문위원
시집:『들판을 적시는 단비처럼』
명언집:『그 말을 거울로 삼고』
시선집:『길에서 화두를 줍다』외 다수
제2회 물향기문학상
제20회 경기도문학상
제23회 문예사조문학상
제6회 아름다운 한국문학인상
제7회 후백 황금찬 시문학상
제16회 한국글사랑문학대상

## 화려한 나들이

공원 정자에 앉아 바라보는 하늘, 신선이 된다. 스르르 감기는 눈조차
도 한가로이 보이는 허세가 저 새순이 파릇한 나뭇잎에 앉아 노는 바
람보다 여기저기 빨갛게 핀 철쭉 사이 들풀조차 화려하니 바람이 불어
와 내 열정을 훔치려고 흔들어 대는 모습도 시 한수 읊은 신선보다 못
하다 저기 저 아저씨 악기 들고 오시더니 화려한 날의 축제를 연다.

**박효찬**

현 (사)한국문인협회 오산지부 회장
제주향우회 평택지부 회원
2007년 월간 시사문단 시 부분으로 등단
저서: 『갈밭의 흔들림에도』, 『화려한 나들이』

# 등불의 높이 외 1편

그믐밤 같은 깊은 영혼
길 밝힐 등불은 켜 있는가
발밑에 두지 않고
머리 위로 치켜 들
등불은 켜 있는가
콧잔등이나 비출
그런 등불 말고,
그대 얼굴서껀, 악마서껀
모두 드러낼
등불은 켜 있는가
어둔 숲에 숨어 목숨 노리는
맹수를 물리칠 밝은 등불,
꺼지면 세상 보이지 않고
꺼지면 영혼도 꺼져
칠흑 같은 마음속
짐승 떼 울어 대나니,
그믐밤 같은 깊은 영혼 속
숨은 얼굴 밝혀 줄
등불은 켜 있는가

내 턱주가리나 비출
그런 등불 말고,
옷자락이나 비출
그런 등불 말고,
중천에 높이 뜬 보름달 같이
강과 바다를 다 비춰 춤추게 할
그런 등불 켜 있는가.

# 벌레 울음

구월부터 울어대기 시작하는
이름 모를 벌레들
그것이 울음인지, 웃음인지 몰라도

가을 벌레소리가
울음으로 들리는 건
사람들 모두 슬프기 때문이다

'삶이 즐겁다' 하는 마음보다
'슬프다' 하는 마음이
인생을 값지게 하는 역설,

나도 잘 울어야 할 것임을
이 가을 깨닫게 하는,
벌레소리의 강물이 흐르고 있다

## 신규호

1966년 『현대문학』으로 등단(박목월 추천)
한국현대시인협회 이사장 역임
성결대 국문학과 교수, 동교 부총장 역임
안양문인협회 고문
시집: 『입추이후』, 『불꽃나무 숲』 외
평론집: 『한국현대시연구』 외
편저: 『샤론의 들꽃』 외

# 악수

1분을 위해서
반나절을 준비해 보아라
손과 손 사이에는 기쁨이 흐른다

짧은 순간에 느끼는 행복
지상의 꽃별이 뜨는 찰나
포근한 손에서 정이 느껴진다

그 꽃 중심에 피어나는
또 하나의 별
간직하고 싶지 않은가 그 순간에
맞잡은 손에서 희망이 피어난다

## 성명순

한국문인협회 인문학콘텐츠 개발위원
국제 PEN 한국본부 회원
『시, 기차를 타다』 발행인, 경기문학포럼 회장
(주)에이스케미컬 사회공헌팀 상임이사
시집: 『시간여행』
공저: 『생의 미학과 명시』, 『춤추는 인사동』 등 출간
수상: 황금찬 문학상

## 아버지의 런닝구 외 1편

누렇게  낡은  구멍이 숭숭 난
아버지의 런닝셔츠
아침부터 논두렁에 나가셨던
아버지는 황토물에 땀에 젖어
돌아온 12시
라디오에서는 김삿갓 북한방랑기
눈물 젖은 두만강이 흘러나온다.
어머니는 푸짐하게 국수를 내 온다
국수 한 그릇을 경상도식 양념장에
서둘러 드시고 다시 논으로 나가신다.
구멍이 숭숭 난 아버지의 런닝구에서
땀에 젖은 세월의 향기를 본다.

아, 아버지
그리운 나의 아버지.

# 나비의 잠

아픈 이름,
한때 춘몽이었지
그래도 못 잊어
다시 봄날을 위하여

그립다
꽃밭에서
노닐던 시간
나래 접고 잠들다.

## 이상정

1960년 경북 칠곡 출생
시와 시인으로 등단
경기시인협회 사무국장, 수원시인협회 이사
경기문학상 수상
저서: 『감칠맛 나는 시』, 『나는 사건이다』
　　　『꿈의 작업』, 『아들과 함께 떠난 유럽』 외 다수

# 흔적

깨어지는 것은 아름답다.

억겁의 바람에
깨어지고 부서진 흔적
흩어지고 상처 난 세월
불의 신은 그 아픔을 녹아내어
영겁의 생명을 탄생한다.

깨어지고 부서진 바람의 흔적을

**장윤기**

상주시청 산림녹지과장
숲문학회 회장
경북문인협회 회원
한국문인협회 회원(숲문화개발위원)

# 유익한 모임

우리나라만큼 모임이 많은 나라도 없을 것이다. 지연, 학연, 동네 통반장모임, 계모임, 동호인들의 모임, 아이들 유치원 때부터 고등학교까지 자녀를 매개로 맺은 인연의 끈은 수도 없다.

문학모임이 전부였던 나에게도 하나 둘씩 늘어난 모임이 제법 된다. 나이 들면서는 새로 사귀기보다 있는 지기들과 잘 지내는 게 더 좋다고들 한다.

첫째, 둘째 아이의 학부모 모임은 하나도 없는데, 늦둥이 학부모 모임은 초등학교 때부터 하나씩 늘어 몇 개나 된다. 가장 오래 된 초등학교 모임은 아이들과 함께 해외나들이까지 다녀올 정도로 돈독해졌다.

매달 모여 밥 먹고 차 마시며 시간을 보낼 게 아니라, 모임 날만이라도 봉사하자는 의견에 따라 곧바로 실천으로 옮겼다. 한 보육원에 등록해 놓고 매달 첫째 금요일이면 두 시간씩 봉사한다. 아무리 넓은 곳이라 해도 여섯 명이 합심하여 청소하다 보면 눈 깜짝할 사이에 끝난다. 시작이 반이라고 벌써 몇 년째가 되어 나름으로 보람을 느낀다. 중학교 학부모 모임도 마찬가지다. 어차피 아이들도 봉사시간이 필요하기 때문에 함께 봉사도 하고 각자 통장에서 적은 금액이지만 후원하여 돕는 '누이 좋고 매부 좋은' 모임이 되었다. 아이들과 함께 장애인 센터를 찾은 지 벌써 몇 년이 되어간다.

부족함을 모르고 자라는 아이들에게 제일 먼저 징애체험을 하도록

했다. 손발을 못 움직이게 묶고 입으로 그림을 그리거나 글씨를 쓰도록 하고, 발가락 사이에 붓을 끼워 숫자 쓰기를 하는데 쉽지 않다. 붓을 꽉 물고 있는 입에서 침이 줄줄 흐르면 옆에서 엄마가 도와주고 발가락으로 글씨를 쓸 때도 먹물이 엎어지지 않도록 도와줘야 한다.

아이들이 장애체험을 할 때는 엄마들이 시중을 들고, 엄마들이 할 때는 아이들의 시중을 받아가며 장애체험 하는 동안 엄마와 자녀들 사이가 한층 더 돈독해진다. 이제 고등학생이 된 아이들은 저희들끼리 모여 봉사하기도 한다.

봉사가 끝나면 열 명이 넘는 식구가 다함께 비싸지 않은 식당에서 점심을 해결하고 아이들은 먼저 학원이나 집으로 보내고 엄마들끼리 모여 아이들의 진로를 의논하고 서로 정보교환도 하며 의미 있는 시간을 보내는 것이다.

모임이 몇 개 되지만 이렇게 작은 봉사를 한다. 지자체마다 봉사체계가 잘 되어 있어 희망에 따라 언제든지 재능에 맞는 봉사를 할 수 있다. 봉사한 곳에서 봉사시간을 '1365 자원봉사포털' 사이트에 입력해 주기 때문에 자기 봉사시간도 확인할 수 있다.

누적된 봉사시간은 저금통장처럼 훗날 필요시 봉사시간만큼 봉사 받을 수도 있단다. 젊고 건강할 때 봉사해 두었다가 노후에 사용할 수 있다는 것이다.

매달 모여 봉사하는 날은 뿌듯하다. 유익한 모임이라 당당하기도 하고, 남이 하지 않은 일을 하고 있다는 자부심도 생긴다. 봉사도 릴레이처럼 이어져 한 팀을 소개했더니 벌써 몇 팀이 단체로 등록하고 모두들 열심히 봉사한다니 다행이다.

과거엔 불특정다수만이 하던 봉사가 이젠 노동봉사, 재능기부봉사, 후원금으로 하는 봉사 등으로 보편화 되어가고 있다. 바람직한 현상이다. 건강이 허락할 때까지 유익한 모임은 계속될 것이다.

### 김미자

전북 부안 출생
99년 『현대수필』로 등단.
국제펜클럽 한국본부, 한국문인협회, 한국문장사협회
현대수필문인회 회원, 안양여성문인회(화요문학)회장
안양문인협회 부회장 및 편집위원
작품집:『마흔에 만난 애인』,『애증의 강』,『복희이야기』
『복희 이야 기2』,『바라만 보아도 눈물이 난다』
『복 많이 받아라』,『그리움』,『천방지축 아이들의 논어 이야기』
현대수필 제12회 구름카페 문학상 수상

【동인문단】 시

권장수
김근숙
김용원
박공수
박두원
백옥희
신준희
이향숙
장호수
최태순

# 권장수

약력

1990년 기호문학 등단
한국문인협회 회원
안양문인협회 회원
글길문학동인회 자문위원
그랜드아노다이징(주) 대표

## 광장 외 2편

아 – 이 여백을 메울 수 없었나 보다
성스런 곳은
어느 날 또 어느 날 비어있었다

새순이 돋아 난 날도
물이 많이 흘렀던 날도
아름다웠던 날도
땅이 차갑게 죽은 날도

바람이 온갖 것들을 거두어 가고
밤잠을 못 이루게 했던 밤
이곳에는 더욱이 아무것도 없었다

# 주걱

한줌의 흙을
한줌의 흙을

가시리오?
가시리오?

한줌의 흙을
가지리오?
가지리오?

# 대화

겨울 바닷가

번뇌
탈해

나래 위에
빛바랜 낙엽 하나 올리고

나르는 나래 아래
우표 하나 붙여라

번뇌
탈해

김근숙

약력

경기도 포천 출생
고려대 평생교육원 시창작과정(현재)
한국스토리문인협회 회원
문학공원 동인
글길문학동인회 동인
현)농림축산검역본부 근무
제35회안양시여성백일장 입상

# 자판기 외 4편

나는 사람들의 애타는 마음 읽어주려고 거리로 나섰다
받은 만큼만 주는 냉정한 거래만 한다
아무리 단골일지라도 외상사절이다
1퍼센트만 모자라도 매몰차게 고개를 돌려댄다
콧소리 애교에도 차가운 큰 바위 얼굴이다
나는 발로 차이고, 맞아도 굴복하지 않는 배짱이다
맘이 통할 때도 넘지 말아야 선은 밟지 않는다
마음의 끈이 닿으면 밤하늘에서 은하수 길을 놓는다
라일락 길 따라 거니는 가난한 연인에게 커피 향을 준다
그러면 거친 목마름이 온몸으로 퍼진다
지친 영혼을 자극하는 달콤함의 행복도 내가 해결해 준다
위급상황에서 나를 찾아오는 소녀의 안도감은 기쁨이다
덤이 없는 도시에서 탈출하고 싶다
사랑을 거래할 수 없는 내 마음
새들의 노랫소리와 꽃들의 향기를 담아줄 수 없어 아쉽다
오늘도 나는 사람들의 마음을 헤아리려고 거리에 서 있다

# 연연鳶緣하지 말고 연연戀戀하지도 말고

정월대보름 달집태우기 달맞이에 나갔다
밟히는 것이 있어 보니 얼레가 안주인 잃고 얼빠진 표정이다
연은 젊은 별과 바람이 나 멀리멀리 날아갔을까
바람 불어 좋은 날이 바람피우기 좋은 날의 기일이었나
바람을 등진 얼레는 한 뼘 열린 밤하늘을 쳐다만 보고 있다
연鳶과의 연緣은 정월 대보름이 떠오를 때까지였던가?
바람 부는 뒷동산에서 행복했던 연날리기의 기억이
첫사랑의 기억으로 복사되어 얼레 위로 내려 앉는다
앙상한 나뭇가지에 속절없이 붙잡혀 있지 말고
혹여 다른 춤추는 연들 시기하지 말고
다시 땅 아래로 힘없이 내려앉지 말고
부디 긴꼬리 현란한 몸짓으로 바람 따라 흔들대어 보거라
하늘 높이 올라 가오리 되어 유유자적 유연하게 춤도 추고
창공을 날으는 방패 되어 위풍당당 지휘도 해 보거라

한 사내가 솟구치는 가오리 연을 팽팽하게 당기며 얼레를 돌리고 있다
연은 폭죽에게 질세라 쏜살같이 올라간다
활활 타오르는 달집이 무심히 바라만 보고 있다
연줄은 새로 잇고 사랑은 다시 만나면 되느니
연줄 끊어졌다고 슬퍼하지 말고 사랑이 끝났다고 슬퍼하지 말자 다짐하
지만

연줄 끊고 가출한 연이 부러워지는 도시의 정월대보름 밤이다

## 직지사의 적송赤松

우직한 당신께 반해서 끌어안고 기대요
듬직한 그에게 의지한 채 눈을 감아요
당신의 몸에서 용의 비늘이 손끝에 느껴져요
세월과 동거한 흔적이 마디마디 서리어 있어요
대웅전 낡은 꽃살문에 앉아 있는 연화아가씨
당신을 바라보다가 희끗해진 흔적에 숙연해져요
대대손손 가문 이룬 가족들 기와집으로 당신을 모셔왔어요
새 식구가 탄생되는 기적에 범종소리 울려 퍼져요
올 가을에도 임금님 식탁에 올랐던 감을 맛보는 설레임
끊임없이 오가는 길 위에 당신의 향기가 스며있어요
당신의 가슴 안에 찬란한 태양의 역사가 등고선처럼 그려 있네요

# 염려는 가라

핸드폰만 들고 뒷산을 향해 나섰다
땅을 젖힌 빗방울에 잠시 주춤거려본다
늘 잘 쓰고 다니던 접두사 같은 모자도 없이
우산을 챙길까 망설이는 마음도 잠시뿐이다
어떤 보조어간도 거느리지 않으니 홀가분하다
염려의 눈빛이 느껴지는 경비실을 그냥 지나친다
산 입구에는 이미 우산을 쓰고 오르거나
벌써 우산을 들고 산을 내려오는 안도감의 얼굴들은
형용사의 미소이다

나의 염려를 대신 받아들이는 떡갈나무 잎들
해맑게 노란 미소로 웃어주는 미역취
새하얀 보송보송한 손 내밀며 길 열어주는 붉은서나물
종알종알 반겨주는 연보라 쑥부쟁이 꽃의 애교소리
소나무 사이로 떨어지는 빗방울은 상쾌한 나의 부사이다

촉촉이 젖은 낙엽 위를 걷는 발걸음은 가볍게
지그재그로 길이 생긴 숲속을 노래하며 걷다보니
여름이 못내 아쉬워서 목이 터질 듯한 늦털매미 울음소리
후두둑 후두둑 강도 높은 빗소리에 다급해지는 내 마음

숲속평온 깨트리려 교태 떠는 서양등골나물의 하얀 웃음
빗방울로 시야를 가려버린 안경을 닦을 수건조차 없다
정상에서 염려를 맡기라는 메아리가 무지개 빛 파생어를 뿌려주고 있
다

내려오는 길
철봉에 매달려 염려로 뭉친 어깨를 쭉쭉 늘어뜨린다
가볍게 산을 내려오니, 비는 멈추고
햇빛은 종지부를 찍는다

# 돌담길을 걷는 이유

잊어야만 하는 사람이 있다
돌담보다 더 굳세게 잊어야 할 사람
돌담길 걷다가 더 애타게 굳어진 운명이 되었다
긴 세월 그리움과 체념의 여정들로
장식되어 있는 돌담길을 걷는다
흙담에 뿌려진 은은한 옥잠화향이 옷소매를 붙잡는다
저녁놀 비추던 담장 옆 붉은 접시꽃의 눈길이 부정하다
투박한 돌담을 유혹하는 나그네 손때 자국
호박넝쿨 담쟁이 마삭줄로 정복당한 돌담은 말이 없다
봄철에서 쫓겨온 보리뱅이가 노란 웃음으로 살랑거린다
양귀비꽃이 좁은 틈으로 몸매를 뻐긴다
무거운 이끼 업은 채 살아온 돌담
상사화의 애절한 마음을 묵묵히 받아준다

그래도 나쁜 사랑이 그리울 때면
돌담길 걷다가 눈감고 돌담을 만져본다

## 김용원

약력

경북 상주 화령 출생
문예사조 등단
한국문인협회, 국제펜클럽 한국본부 회원
안양문인협회 이사, 오산문인협회 회원
글길문학동인회 회장
블루뱅크(주), ㈜크린넷 대표이사
시집:「내 삶의 나무」,「그대! 날개를 보고 싶다」

# 밥솥 외 5편

오월 마지막 주
난
네가 궁금해
조용한 아침
힘겹게 타닥 타닥
조용한 아침을 깨우는 소리
쌀 불리는 소리가
싸락눈 내리는 겨울밤 같아

# 붓글씨

딱딱하게 말라 비틀고 있는 붓 끝에
먹물이 스며 듭니다
서서히
조심스럽게
그러더니,
이내
굳어있는 붓털들을 부수며
까맣게 차 오릅니다
금새 물들었습니다
당신에게 내가 물들 듯이

# 가을

긴 거리
줄 지은 나무들이
간밤에
그대가 입맞춤으로 빨개진
내 볼처럼
붉게 물들어가네
내 가슴은 가을 준비 중
뜨거운 사랑 맞이할 채비 중
향기를 퍼트리는구나
묵향기 묻은
꼬리털이
마음의 손길로
흰구름에게
고백하는구나

묵향의 흔적은
남아서 입가에
그윽함이
가득하구나

# 감나무

율림리 감나무는 벌써 단풍이 들었다
자식농사 나 몰라라, 바람났나
푸르름으로 지켜야 할 가족들을 보내고
벌써 색동옷을 입고 있다
핵가족 정책으로 인구정책 중이라도 하는 걸까
잘생긴 아들까지 떨어뜨려 버리네
큰일일세
큰일일세
대한민국이 큰일일세
북으로는 북한이 남으로는 일본이 우리를 노리는데
율림리 곶감은 올해도 안개 밭이네
작년에는 지리한 장마로 이쁘게 세수시키고 정성으로 치장해
시집 보내려던 곶감들이 물거품처럼 초 되어
아버님 가슴을 곡괭이처럼 파더만 올해는 나무에서부터 흔들어 버린다
깊어가는 약한 가을이
우수수 떨어진 못다 한
감 인생이 발아래에서 뒹구네
감기약처럼 쓰디 쓴 가을이 가네

# 사과

너
햇살에게
바람에게
사랑 듬뿍 받아
탱글탱글하게 익어가네
여름에 지친 가을 따러 갈게

꽃길 위 한 걸음 한 걸음마다 걷는 발길은 고요만이 사뿐히 지나간다.
가야 하는 길을 개척하는 빠른 손놀림과 놀라운 기교들로 당당한 꽃길
이 이어진다
웃음과 기쁨 속에 꽃들이 춤을 추면서 환희의 축제가 이어진다

오만으로 구석에 앉아있던 풍뎅이가 슬그머니 나온다
꽃들과 나비에게 미소 지으며 말동무가 된다

화려한 장미가 당당히 부케를 던진다

# 그리움

내 속옷  같은 느낌
떨어져 있음
입은 걸 안 입은 느낌

# 박공수

약력

문예운동 시 등단
한국문인협회 회원
안양문인협회 감사
천수문학회원.  밀레니엄문학회원
글길문학동인회 부회장.
시집:『대륙의 손잡이』외 공저 다수

# 먼 길 <small>외 9편</small>

소녀가 주운 낙엽 한 장을
사랑의 명구가 든
노란 엽서라고 말했었다

소년이 챙긴 낙엽 한 장을
영원할 유산이 든
붉은
유언장이라고 말했었다

낙엽이 혀 놀리는 모습으로
나무의 말을 하며 떨어진다고
내가 내가,
내가 말했었다

이젠 경비가 되어 낙엽을 쓴다
쓸어서 자루에 눌러 담고 있다
나의 시
버려도 될 만한 것들이었다고

# 차창

먼데서 울려오는 조종소리.
그곳으로 나는 심야열차를 몬다
까만 밤은 불빛 없는 터널.
차창 밖은 거울 뒷면이 되어
열차 안의 생을 더욱 선명케 한다

가끔 먼 곳의 불빛이
고향의 파란 도깨비불처럼 다가와
이승을 엿보려다 사라지고 나는
저승을 엿보려다 놓쳐 버린다
천기를 아는 건
어느 쪽 생이든 괴롭기 때문이리

차창 뒷면의 저승
그 어둠이 거울 되어
차창 안 이승의 여느 여인
앞 침침할 때까지
화장을 잘 고치며 가고 있다

# 본향

제트기가 하늘 높이 길을 냅니다
쳐다보던 나는 목이 뻐근해, 근처
나무 그늘 벤치에 눕습니다

나무도 가지 사이사이
닫고 열기를 반복하며
하늘 길을 보여 줍니다

나무는 태어나자마자 고향을 지키며
밤낮 하늘만 바라보았기에
하늘 길에 대해선 누구보다 더 잘 알 것입니다

하얗게 파랗게 태곳적 본향 길을
눈이 시리게 보여 줍니다, 문득
'더 나은 본향을 사모하니 곧 하늘에 있는 것'*
이란 구절에 나의 뇌리를 세우고
아까 제트기가 낸 길을 다시 찾아봅니다

제트기가 낸 하늘 길은 간데없습니다

*히브리서 11-17

# 경비원 일기 3
### -옥상에서

임을 만났을 여객기는 고공으로 비행해
산을 넘어 떠나가고
임을 찾아오는 여객기는 저공으로 비행해
산을 넘어 들어온다

산 속 까마귀도 저공으로 비행터니
임을 만났을까 보이지 않고
아! 나도 이 높은 옥상에서
저 밑 아담한 그대 옥상까지

두 날개를 펴고 저공으로 비행해
우리들 비행과 비행을 위한
둘만의 활주로를 닦고 싶다
저공 고공으로 비행하고 싶다

# 컬링 사내

나의

여왕폐하

나가신다


후다다닥

길 내

드리자

# 조화

조화가
분명한데
꽃향기가 웬 말이냐

진짜보다
짙은 향기
에이, 향수를 발랐구나

준 사람
그 맘의 향기라
생각하며 흠 흠

# 사월 배웅

진홍 철쭉의 권도에 밀려
분홍 진달래꽃이 이울지고 말았다
철쭉은 개꽃, 끈득한 독성에 쫓겨
참하디 참한 참꽃, 진달래꽃이
여리디 여린 연분홍이
그냥
그냥
지고 말았다
밤배에 가득 실렸던 순진한 꽃송이들이여
가슴 찢어져도 이젠 다른 길이 없다
편히 가라
쫓아와 핀 철쭉이 같은 科라는 것
믿기지 않아 곰곰 생각해 본다
무심한 자연도 사람도 같은 屬.
독한 것이 더 화려해 보이는 지금
싯붉은 곤룡포
철쭉 세상, 잠시일러라

# 구부舅嬪아리랑

카네이션 한 송이 달아드렸을 뿐인데
손수 지으신 깨며 콩이며 다 실어 주신다
'혼자 고생이 많다'
'아버님 걱정 마세요 아프지도 마시고
자주 찾아뵐게요'
작년에 했던 말이다 싶어
멋 적은 미소로 올려다 뵈니
이마의 주름 그새 더욱 깊어지셨다
돌아오는 길을 안 보일 때까지
애들은 파릇파릇 손을 흔들고
고목처럼 까맣게 서 계시는 아버님
가슴 속 주름들이 저 산골짜기리
옷 주름 같으면 다려드릴 텐데
애초에 다림질하고는 먼
아버님의 깊은 골
시댁 고향산천의 주름들이 구부구부 따라온다

# 경비원 일기 1

이모작 첫 출근에 바람 불고 눈 오는 날
사과 셋 건네주며 봄날처럼 웃어주던
정답고 귀엽게 생긴 그녀가 이사를 갔다

어느 날 시집 한 권 부끄러이 내밀면서
여름처럼 깔깔 웃고 내게 엄지 치켜세우며
언제나 행복해 보인 그 얼굴 이사를 갔다

그녀 가고 가을 오고 그녀 대신 낙엽 한 장
예쁘게 고이 펴서 보석처럼 끼워두네
사랑은 아닐지라도 남실 바람은 불었었지

## 그대는 아직

그대는 아직
'사랑' 까지는 아닌 것 같아
나만의 욕심인 것 같아
그래서 사랑한다는 그 말
내뱉는 것
망설이다 망설이다
오늘도 꾹 참았어요

잠시 헤어진 이 밤
잠자리에 들어서도
당신만을 그리네요
당신만이 눈에 밟히네요
어서 날이 밝아
당신을 또
만났으면 좋겠어요

박두원

약력

경기도 안성 출생
가온문학 수필 등단
글길문학동인회 동인
조일광고 copy부문 신인상
홍익대 광고 홍보 대학원

# 코스모스와 테레사 외 4편

가녀린 몸매
수줍고 작은 얼굴
진하지 않은 향기
시선을 크게 끌지는 못해도

들판에 서서
바람에 한없이 흔들리고
종일토록 초가을 햇빛
맨몸에 따갑게 내리 쐬어도

낮은 곳에서 함께 살리라
가난하고 병들어 소망 잃은 이들과
사랑의 향기 희망의 홀씨
날려 세상 끝 우주 멀리 전해질 때까지

# 축제

신나는 노래와 춤판
벌어지니
흥겨운 맞장구
얼씨구 절씨구

화려한 색과 빛
퍼지니
떠들썩한 환호
와 – 우

한바탕 즐거움
추억되고
현란한 아름다움
각인되어

오랫동안
새록새록
흐뭇하고
즐거우리

# 그 순간

발버둥 발버둥 치다가
체념하고
파도에 몸을 맡겼다

물이 입안으로
밀려들어와
더 마실 수 없을 만큼 마셨다

일순간
모든 것
딱 멈췄다

시끄러운 소리 들리고 밝아졌다
살아났군
당신 운이 좋았어

바닷물로 배를 다 채웠더군
허파를 채웠다면
벌써 저 세상 갔을 거야

눈물이 자꾸만 나왔다

# 눈이 내려와

사뿐사뿐 스르르 내리는 흰 눈송이
어느새 우리 마을 지붕들 다 덮었네
흰 눈송이 밤새워 살포시 내려앉아
외로운 내 가슴 다 덮어 주려므나

소복소복 스르르 내리는 흰 꽃송이
어느덧 이웃마을 온산을 다 덮었네
흰 꽃송이 밤새워 살포시 내려앉아
우리 님 빈 가슴 다 채워 주려므나

그리움에 보고픔에 잠못드는 새벽녘
흰 눈송이 밤새워 살포시 내려앉아
외로운 가슴마다 다 덮어 주려므나

# 봄 날

봄비 내리니 작은 새싹 솟아나네
생명의 신비 반기는
산새들의 지저귐 지저귐

봄날의 따사로운 햇살에
아지랑이 아롱아롱 다롱다롱
산허리 휘돌며 피어나 피어나

봄비 내리니 작은 꽃망울 웃고 있네
생명의 축제 반기는
들꽃들의 어울림 어울림

봄날의 따사로운 햇살에
강아지들 팔짝팔짝 펄쩍펄쩍
온 동네 휘돌며 뛰어가 뛰어가

# 백옥희

약력

경북 영덕 출생
글길문학동인회 총무
시와 길 문학 회원, 안양시낭송협회 이사
수원 한글날기념 시낭송대회 동상
경기대 평생교육원 시 창작과 수료
제45회 관악백일장 일반부 시부문 입상

# 이태원의 축제 외 5편

오래전 이미 만날 운명이었지
각국의 대표인 듯 발 디딘 이태원
에메랄드 도화지에 만국기 자유롭고
요모조모 다채로운 지금 축제의 날

달리던 큰 차는 통제받아 멈추고
어디서 고무바퀴 굴렀던가 싶게
몇 나절 어우러져 쉬어 가려 마
이국에서 고향 찾는 사색 깊은 밤

모습은 각양이나 생각은 하나
오래전 만났었던, 성경 안에 민족
와이파이 담을 넘어 지구 한 바퀴
얘기 꽃에 음정 박자 신명이 나고

축제에 동화되는 누구나 다 주인공
언어는 안 통해도 노래는 공통 국어
바이올리니스트의 별을 따는 연주에
우리 어깨 부딪히는 박장대소 화답

# 가족

아들 졸업 기념에 찍은 가족사진
넓은 이마 가장 뒤에 레게 머리 고1 딸
그 앞에 새 정장 늠름한 아들,
선물 받은 머플러하고 내가 웃는다.

그 후 10여 년 떠 이사 다니고
번듯이 사진 걸 벽마저 없다가
대출 끼고 눌러앉은 집에서
안타까이 출가한 딸 얼굴 찾는다.

시려도 북적대던 어제일 되
별 보고 일 나간 가장을 끝으로
문 안에 저녁 밥상 차리는데,
딸이 쓰던 생리대 주인 기다린다.

# 서신

점 하나 0.7밀리
무엇을 말하려는 걸까
만날 수 없는 그대 마음
들여다보네.

찰나의 점
떠오른 표기 말을 아끼고 가슴을 통해
손끝으로 받은 섬.

기호, 찍어 보낸 0.7밀리
나 여기 잘 있다고
한나절이 되어서야
해독을 마쳤네.

가벼운 점이 품은 안부
애절한 연인의 메시지
나무의 나이테 같은
사연이 왔네.

# 모자 쓴 차

한여름 복판 여류 시인의 특강
꽉 찬 틈에 간이 의자에 앉아,
갈증 난 논바닥같이 글에 목이 말랐다

그는 '누구 시이든지 시집을 잡고
그 여백에 자신의 언어로 덧붙여 쓰다 보면
어느새 자신의 색을 찾게 된다.' 한다

옆에 할머니를 따라온 다섯 살 백이
꽃에 앉는 나비같이
나를 보며 공책으로 숨바꼭질한다

강의실을 나와 역에 가는
택시를 잡기 위해
노란 선에 작은 발, 큰 발을 올려놓고
웃는 그 아이와 손을 들었다

아이의 할머니가
위엄스런 목소리로
"모자 쓴 차가 와야 한다." 라고 말했다

훅! 내 머리를 때리는 말
그 아이 눈높이의 단어…
내 글은
어디쯤 생수 되어 있을까?

# 은행

일찍 내민 새순으로
바람결에 빛이 나는
어린아이 손짓 같다

맑은 아침에 생기로
한 눈금씩 자란 나무
선생님은 누구일까?

꽃샘추위 몇 밤
봄비 몇 날
장맛비 한 달
뙤약볕에 두어 달에
소복이 달려 정답다

어느날
선들 바람에
치자 물든 잎새에
뙤약볕에 채송화 꽃씨처럼
동그랗게 익었지
오늘 중력으로 땅에 떨어질 때

번갯불 밤 보다 더 무서워
알밤 줍듯 굽힌 몸
사람의 그것 향내
몇 번이나 씻어 내도

랜지위 프라이팬에서
서투른 사랑에 탈피
이리저리 톡톡 튀던 몸
시름시름 벗겨진 처녀막
우주가 들어앉은 연둣빛 혼

# 신호등

걸음마 뗀 세 살 배기
초록 불에 치켜든 손
엄마 손에 이끌려서
노란 차에 밀듯 태우고
보드랍게 남은 온정
낡은 차 벨트 울러 맨 채
쫓기듯 마신 한 모금 물
빨간 신호에 삼킨다.

오른 쪽으로만 내달리는
초록 화살표 안내 짓에
골뱅이 속처럼 어두운
동굴 길 위에 숙제 품고
어젯밤 성당 종탑마다
과욕 부려 드린 기도는
신호등 눈 깜박이며
거리에서 나를 친다.

불러 세운 의사의 말,
숨은 맥박 짚으며

심박동이 약해요
환절기에 흔한 일이죠
무심하게 버려둔 나를
내가 바라보는 때
이제서야 모자가 나란히
노란 신호의 만찬이다.

신준희

약력

2006년 문예운동 등단
천수문학, 열린시조학회 회원
안양문협 이사 및 편집위원
안양시낭송협회 감사
글길문학동인회 부회장
저서 : 시집『체온을 파는 여자』, 『구두를 신고 하늘을 날다』
2011년 4월 중앙일보 시조백일장 장원

# 구름의 광장 외 4편

어제처럼 오늘도 잿빛 구름 떠 있다
일 없이 몰려나와 여기저기 기웃대다
가끔씩 톡, 톡, 빗방울 눈썹 위로 떨구는

비둘기 떼 붉은 눈 토사물 넘보는데
쓰러진 바닥에서 죽은 듯 웅크린 남자
입 벌린 구두 밑창이 식은 햇살 안는다

어디서 멈춘 걸까 태엽 풀린 초침처럼
크고 작은 톱니들 정교하게 맞물려 선
광장의 시계탑 속에 갇혀버린 사람들

밤에는 슬피 우니 눈물이 뺨에 흐름이여*
마른 잎 바스락대며 뒤척이는 자작나무
바람만 부는 건널목 돌아갈 집도 없다


*예레미아 애가 1장 2절

# 겨울일기 2

일곱 평 흙집을 떠메고 갈 듯 죽령 골바람이 밤새 몰아친다
명치를 짓누르던 바윗돌들이 제풀에 하나씩 하늘로 가는 새벽
부표처럼 떠다니는 닻별의 월동을 부질없이 곰곰 추측해보다가
읽다 만 시집을 엎고 팔팔 끓는 라면냄비를 올려놓는다
가끔 집에 들러 갸르릉대는 암고양이 몫으로 반은 건져두고
호로록 호록 젓가락을 감으며 밥도 안 되는 시를 쓴다고
나는 꼬르륵 꼬르륵 허구한 날 배가 고픈데 배가 고파 힘이
한 끗 모자라서 쌈질도 못하고 말대꾸도 못하고 도둑질도
못하고 삼십육계 줄행랑도 못치고 아무것도 못하고 눈도 코도
귀도 다 닳아진 장승처럼 마을 바깥 서 있는데
그런 내가 뭣이 좋다고 한 쪽 볼이 발갛게 언 햇살 한 자락이
슬그머니 먼저 들어와 차가운 아랫목에 길게 드러눕는다
괜찮아요

# 겨울일기 3

_ 세밑


그믐달
아래 앉은
홑옷의 흰 머리칼

만안구청
차디찬 뜰
석상처럼 굳어있다

부도난
설이 지나고
초승달로 왔으면

# 겨울일기 4

차라리 죽어버렸으면
살만해진 친구가 지하철 개찰구에 카드를 콕 찍으며 말했어요
그 말이 화가 나서, 죽을 사람은 그런 말 안하고 죽어
나는 에스컬레이터를 타고 어제보다 낮은 곳으로 내려갔어요
나를 둘러 싼 일과 친구를 둘러 싼 일
잘은 모르겠지만 안개와 구름, 꽃과 술의 변덕 같아서
저녁 찬을 마련하듯 쉽게 요리할 수는 없는 일이에요
머리가 희끗해진 여고생들 앞에는
인생의 긴긴 시험지에서 틀려버린 문제가 너무 많아요
고칠 수도 없이 사라진 낮과 밤의 깜빡임
지옥을 도배하고도 남을 거예요

오늘은 눈 덮인 사과밭으로 들어가서
나무보다 못한 나를 무릎 꿇게 할래요
동그라미도 가위표도 바람에게 맡긴 채
날아간 잎사귀처럼 뒤집히는 하얀 손은 두고 돌아올래요

살얼음이 띠를 두른 금계호수에서 둥둥 둥 유영하는 철새떼처럼
소름 돋는 생의 물살에 몸을 실은 우리들
일주일 한 달 일 년 십여 년 그렇게 알게 모르게

조금씩 벌어지고 멀어졌어요
멀어지다 멀어지다 하나의 점만큼 서로 작아졌지만
땡땡땡! 마지막 종이 울리자마자
야_ 시험 끝났다! 우르르 교실문 밖으로 쏟아져 나온 아이들처럼
호수만한 시험지를 어찌어찌 풀어내고 수면을 박차고 오르는
저 뜨거운 기립박수. 눈부신 환청이듯
날개깃 치는 소리가 뭉쳤다 풀어졌다 타다닥
타다닥 하늘 놀이터를 어디론가 옮겨 가요
친구야,
우리 저 날개 치는 소리 가만히 들어보자
오답투성이 내 시험지를 컨닝하며 생긋이 웃던 소녀야

# 겨울일기 5

_고장 난 자물쇠


불러도 올 수 없는 발자국을 기다린다

그냥 막연히 밀려나버린 바다

화석에 찍혀진 물고기의 흐릿한 뼈 같은

외로운 시간이 해일처럼 덮쳐오는데

하늘이나 바다나 숨을 쉬기 힘든

홀로세는 차라리 수심을 모르고 싶다

고장 난 문 안에 갇힌 열쇠

나는 못난이 물고기가 되어 먼 먼 중생대로

하느작하느작 헤엄쳐 가고 싶다

# 이향숙

약력

스피치 & 커뮤니케이션 강사
경기도학생상담자원봉사
U&I학습·진로상담 전문가
글길문학동인회 동인
제35회안양시여성백일장 시부문 우수

# 나이 듦 외 3편

　베개에 머리만 대어도 잠들던 초록의 몸은 가고 자다 깨면 다시 잠들기 어렵다는 거 알아채는 데 얼마나 걸렸을까. 머릿밑 씩씩하게 올라오는 희고 뻣뻣한 절망과 슬픔 덩어리 흘려보내라 신호등에 불이 켜지는 시간 해마가 말을 걸어와 귀 대어 보니 음율과 생리를 속삭이고 심연 웅크린 채 올라오는 구토를 쏟아내고 비워내고 털어내고 단순해지기 정신이 몸을 지배한다는 건 착각이고 오류였어라. 지나간 비합리적 신념은 바스티유로부터 해방을 주었지

　즐기던 논쟁은 기운 달려 그만 차이와 다름을 배움으로써 화해의 강 명확할 수 없는 것들이 세상엔 참 많아 세상은 온통 모순덩어리와 불투명함이 이글거려 지구 너머 우주까지 가득한 것 같아 가끔은 혼자 노는 것 재미나 영화, 산책, 여행, 밥, 독서 등 사랑하는 대상이 달라지더니 경계에 있는 자신을 발견하고 더 자유롭다. 허세 부리며 식성도 변하는 거야 산다는 일은 곧 죽음으로 가는 여행길이 아니겠어. 부디 즐겁고 가볍게 바람인 듯 구름인 듯 떠다녀라. 이제야 알아진 것은 영원한 진리가 없다는 것만이 진리라는 거…

# 위험한 온점


콕 찍으면 개운하지
흔들흔들 빨래처럼 중심 잃어버린 날

내려야 할 기차역 가까워져 올수록 커지는 콩닥거리는 심장의 노래
지나친 역은 멀어지는데 데인 줄도 모르고 입은 화상이 낫기까지
미로 같은 창자를 거슬러 와야 해

물살에 맡기며 흠씬 차오르는 연어를 상상해 봤어

온점보다 물음표는 어때

한잔할까
무엇이든 한 잔만으로는 아쉬운 시간이지

줄임점은 또 어떨까

나란히 웃음 비비며 나아가려면
온점을 서두르지 말아야 해…

# 사케의 시간

빨간 동굴로 들어가 잿빛 안개 속으로 미끄러지다

경계의 자리에서
뜻밖의 바닐라 시인과 금족령을 얘기하는 동안
스며들어오는 너는 마법의 사케
시간을 흘리는 여자는 옷을 벗고
심장 옆 깊숙이 젖어 드는 너와
만나 사케가 되고

씨앗인 줄 모르는 채 밤은 희미해져만 가고

# 이상한 일

안테나 기둥 네 개와 백 퍼센트 충전이 돼 있는 시간이 나를 유혹하는
거야
며칠 전 알라딘에서 데려온 '읽다'를 읽다가 빨래를 널고 다시 돌아와
비스듬히 누운 채로 읽다가 잠을 좀 청해야지 시간을 보니 3:33인 게야
삼삼하게 살려고 어지간히 발품을 팔았던 아득한 날들이 주마등 되어
지나려니 뒤따라오는 '그냥'이라는 말이 불쑥 올라와야 그 말이 참 싫었
던 때가 떠올라 순간 피식 웃음이 나오는 거야 그냥 이라고만 하는 건
그 상황이나 사람을 충분히 이해하기가 어려워 내겐 어떤 사람의 말이
건 자세한 설명을 듣기 원했고 나 역시 섬세한 설명을 좋아했지.
이해받고 연결되고 싶은 마음이랄까 이야기가 끝나지 않으면 길에서도
헤어지지 못하고서 마무리까지 하거나 버스에서 내릴 곳도 아닌데 상대
방과 함께 내려서 그 이야기를 마무리하곤 했지 그래야만 다음으로 넘
어가는 거야.
이젠 그냥 이란 말이 친근하게 느껴지다니 이상한 일이야 그냥 좋다는
건 뭘까

**장호수**

# 아스팔트에 대한 단상 외 4편

기억은 삶의 기록지
망각은 잠시 시간이 주는 형刑의 유예일뿐
결코 무죄가 될 수 없다

그리움은 삶의 필요충분조건
생존을 위한 절박한 몸부림
오늘을 비켜 내일로 향한다

잊고 살았던 과거의 기억들이
아이의 입에서 되살아나고
예측조차 못 했던 일격에
먹먹해진 가슴 한 켠

갑자기 푹 꺼진
아스팔트 구멍으로
내 온갖 내장들이 빨려 들어간다

결국, 시간은
인생의 준엄한 심판자

# 절망 그리고 사랑

절망,
케고르*의 망루 위에
낯선 하루가 반쯤 걸려 있다

그늘이라곤
찾아 볼 수 없는
방황하는 기억들

사랑,
잠시 놓아 버려도 될까
끝없는 내면의 물음

사유의
메아리가
밤의 정적을 깨운다

*키에르케고르 - 덴마크의 철학자, 신학자, 시인

# 술

그 놈의 정

말은 적게
잔은 넘치게

넘나드는 창

# 지향의 영상

기억이 지배하는 논란의 시대는 어둠의 세력이 지배하는 흑색의 영역과 순수를 상징하는 백색의 영역으로 공간을 길게 둘로 쪼개 맞닿아 있다 평면과 늘 경쟁하듯 원형의 논리는 무한과 유한의 세계를 싱징한다. 독선은 질서를 반박하듯 보편에 금을 긋고, 불통은 논리보다 유연한 감정의 도화지에 위험한 줄타기를 시도한다. 절대란 맨탈이 자각하듯 요동친다. 낯설기란 그런 것인가 현재는 오늘의 눈으로 미래를 끊임없이 노크한다. 지향은 오늘의 미래형이다. 결국 오래 남는 것이 승리한다

# 텃밭


창문 틈
겨울바람 같은
하루에서 잠시 비켜서서

시린 손
언 가슴
차가운 벽에 기대고
8차선 도로에
던져지는
무심한 시선

왜?

그래도…
동아줄 같은 봄들이
창문마다 피어난다

## 최태순

약력

월간「문학세계」시 부문 신인상 등단
월간「문학세계」, (사)세계문인협회 회원
한국문예학술저작권협회
글길문학동인회 동인, 안양문인협회 회원
용인대학교 겸임교수 역임
현)장성중학교 원로교사

# 나는 물이다 외 10편

내게 수놓은
시원한 물은 갈증을 풀어주고
마음의 선을 찾아 즐거움을 얻습니다.

마가의 쓴물을 마신다면
영혼의 아름다움을 잊은 채
고통과 괴로운 부담감으로 살아갑니다.

깨끗한 물을 마신다면
나의 고통을 부드럽게 만져주며
자유의 원천을 흐르는 물길을 찾아 귀의합니다.

내가 물이기에
내가 모든 고통으로부터 자유롭기를 기대하며
내가 모든 두려움으로부터 평화롭기를 소망하며
내가 행복하고 자비롭기를 기도합니다.

내 몸에 흐르는 물은
거친 돌이 있어서는 안 되기에
보살핌의 말들을 내가 안고 안아 보듬어서
마침내 쓴물이 단물로 변하여 생수의 강이 흐릅니다.

내가 물이기에
그 물이 깨끗하게 흐르기를
한 점의 티끌도 없이 맑고 고운 소리를 원하며
그러기 위해서는 하늘의 물을 담아내기를 고요히 다가갑니다.

# 나는 여관이다

내 안에 무수한 나그네가 지나간다.
지나갈 때마다 잠시 머물고서
기쁨과 즐거움, 슬픔과 고통을 품고
잡다하게 한 상을 차려준다.

몸과 마음과 영혼은
밥숟가락으로 받아먹을 때마다
기쁨과 즐거운 상은 희락이 강건하지만
슬픔과 고통의 상은 절망으로 넘나든다.

그렇다 해도 그들은 나의 손님인 것을
예의와 존중으로 최선을 다하여 반듯하게 맞이하라.
창수가 나고 부서지는 집이 되지 않기를
아름다운 그릇으로 거듭나기를

두려움, 공포, 낙심, 후회, 괴로움 등
그들이 창밖에서 세차게 문을 두드릴 때
외면하지 말거라 피한들 피하겠는가?
방문객이 들어온다면 감사한 마음으로 영접하라.
고난은 나에게 유익인 것을

어제의 손님은 다시 돌아오지 않지만
날마다 시시때때로
마음속에 귀중한 손님이 도착지에 기다리고 있을 때
반갑게 인사하라.

지나가는 길손에게
공손하게 대하다 보면 언젠가는
나의 동반자로 즐거움을 찾을 수 있으리라.

# 나는 희망이다

나무는 언제
태어난 지 모르게
작은 씨앗으로 자라
여리고 나약한 존재로
성장하며 곧게 하늘로 향합니다.

하늘에서 내려 보는 즐거움을 주며
땅에서 올라 보는 소망을 선물하면서
이 어두운 고통을 이겨내고
긴 세월의 나이테로 감아올립니다.

그 뿌리는 땅에서 영원히 늙고
축축한 곳 시커멓게 타들어 가지만
사랑하였기에 아낌없이 환란을 감내합니다.

그 줄기는 흙에서 죽을지언정
새 봄에
새 움이 돋고
새 가지가 발하여 새로 심은 것 같습니다.

나무는 찍힐지라도

그 상처 난 흔적을 지우고
다시 움이 돋아나 연한 가지가 끊이지 아니한
긴 긴 생명으로 만족한 삶을 지지합니다.

자기 자신을
소중한 존재로 여기며
전 보다 더 깊게
사랑하며 소망을 품고 하늘을 납니다.

# 나이를 만나기 전에

세상의 아름다움을 얻지 못했습니다.

아름다움은
높낮이가 굴곡지게 다른 나이테의
삶이 던져지는 이력을 보고서 발견되었습니다.

그 나이에
세상으로 흘러나온 물을 얻으며
나무에서 떨어지는 낙엽을 살포시 밟고서
하늘의 소박한 구름의 율동을 볼 때마다
맛깔스런 시간의 계절을 탐미해 봅니다.

내 나이 젊을 때는
멈춤 없이 시간 따라 부지런히 움직여
하늘과 땅에 일직선으로 달려
숨 바쁘게 입맞춤으로 진한 향연을 뿌렸습니다.

세월의 흔적을 찾기라도 한 듯
머리에는 희끗희끗하게 채색되고
얼굴의 이마에는 잔주름이 깊게 패어

젊은 날의 자화상은 땅으로 스며들었죠.

내 나이를 찾고자 할 시간에
기력이 쇠하고
몸과 마음은 한 곳으로 모이지 못하고
사방으로 흩어진 조각으로 틈틈이 담습니다.

나이를 만난 후에는
이제는 한 줌의 흙으로 다가옵니다.

# 내 시간의 조각들

사람은 태어나면 따뜻한 색으로 나눕니다.
생기가 돌며 피부는 좋은 색으로
감촉은 부드럽게
호기심을 자극하여 사랑스러워집니다.

시간으로부터 자유를 얻은 자는
기쁨과 즐거움 속에서
빛바랜 흠결도 없이
복록을 누리며 평안을 얻게 됩니다.

날마다 시간을 놓치는 자는
화평한 얼굴로 보이지 아니하고
날카로운 등고선으로 이루어져
한색의 성으로 하루하루 쌓아올립니다.

내 시간들의 조각 앞에
내 삶의 일생이 모여 완성되어지듯이
지금 이 순간만이라도
난색의 성으로 이루어졌으면 좋겠습니다.

부서지고 깨진 나의 시간들

나의 문제들을
차분하게 살펴봄으로써 고통의 멍에를
덜어내고 벗어나는 즐거움을 얻고 싶습니다.

시간으로부터 강제로 임종을 당하기 전에
내 시간의 조각들을 찾아
아름답게 다듬어 진 본래의 모습으로
하루속히 반듯한 모양으로 만들기 원합니다.

# 내가 아빠가 된 후에는

낮인지 밤인지 모르고 생활을 했었죠.
일어나고 잠자는 시간은 아랑곳 하지 않고
아쉬운 일이라면 가난하게 지냈다는 거죠.

세상을 알지 못하고
남을 미워하거나 칭찬하지 못했던 시절
깊은 감정을 안고 고통을 품었던 어두운 계절
그 속에서 날마다 붉은 태양을 보았죠.

비가 올 때는
처마 끝에 이불을 적시고
떨어지는 물방울에 가난을 포개고
앉으면 알던 모르던 간에 책을 펼쳤죠.
나에게는 유일한 낙인 것을…

내 자신이 아빠가 될 때
나의 몸의 일부가 밖으로 튀어나와
한 생명을 잉태되는 날
얼마나 특별히 감격스러운지 몰랐죠.

한 자녀의 아빠가 되는 그 즐거움

오늘도 무사히
오늘도 아름다운 축복 속에
만복의 성취감으로 평강의 물결이 넘실거립니다.

내가 아빠가 된 후에는
삶의 여정에서
그토록 아픈 사연과
그토록 행복한 편지의 줄거리가 많다는 것을.

# 당신은 아침편지 받았나요

휘몰아치는 시간, 적막한 어둠은 실연(失戀)을 당한다
시간은 나를 일깨우고 꿈을 실어 나른다
잠자는 영혼
안팎으로 흔들림을 당하고 나서야
두 눈꺼풀 나풀거리며 미지의 세계를 더듬는다

방황하는 세력
지금까지 온 몸을 붙들고 달려든다
게으른 미소는 영원히 잠들라고 손짓을 한다
너는 나를 사랑하는 자이기에 좀 더 자자

깊은 동굴
고요한 아침
밝은 햇살이 전해준 편지를 받아 보는 자
그대는 사랑으로 감사의 씨앗을 품어라

지금까지
어둠의 나락으로 떨어지지 아니하고
한 걸음으로 다가 온 아침편지
그 내용을 받아 본 순간 희망은 갑절로 솟아오른다

오늘
내가 어떻게 살아야 하는지
내가 무슨 생각으로 품어야 하는지
나의 삶 자체의 기쁨과 즐거움을 주는 선물이다

아침편지 받는 자들이여
낙심하지 말지니 그대가 이 세상의 주인공이어라

# 당신의 눈에 할 일이 있기를

당신의 눈에 할 일이 있기를
기도하며 간구하기를

당신의 눈이 하늘의 아름다움에 머물기를
머물고 바라다보면 하늘의 소리를 듣기를 원하며
당신의 눈이 머무는 곳마다 반짝거리는 미소가 있기를
그 미소는 웃음이 자아내고 즐거움이 솟아나는 샘이 있기를

당신의 눈으로 하늘에서나 땅에서 아름다움 드러나기를
당신의 눈으로 산이나 강에서 굽이쳐내는 진선미 찾기를
당신의 눈으로 푸른 초장으로 흘러들어오는 안내자 청하기를
당신의 눈으로 자비에 몸을 맡겨 괴로움과 두려움 깨우기를

당신이 구하는 고통의 시간을 받아들이지 말기를
당신이 구하는 슬픔의 시간으로 낭비하지 말기를
당신이 구하는 희망의 시간을 기대하며 행복하기를
당신이 구하는 모든 것은 이미 당신 안에 있기를

기뻐하라! 지금, 당신의 눈으로 믿음의 젖과 꿀이 흐르게 하기를
기뻐하라! 지금, 당신의 눈으로 소망의 젖과 꿀이 흐르게 하기를

기뻐하라! 지금, 당신의 눈으로 사랑의 젖과 꿀이 흐르게 하기를
기뻐하라! 지금, 당신의 눈으로 화평의 젖과 꿀이 흐르게 하기를

이제는 당신의 눈으로 당신에게 간절히 부탁하여
당신의 눈으로 공감과 성장이 당신 안에서 나오기를
당신의 눈으로 존중과 사랑이 당신 안에서 머물기를
당신의 눈으로 신이 창조한 세계를 바라보기를
그래서 당신의 눈으로 사랑이 온전하게 거듭하기를

# 커피 한 잔

시작을 알리는 방문 길에
온 땅에 충만한 하루는
온화한 표정을 짓고서 세상을 밝힙니다.

사람의 마음,
에스프레소의 맛을 담고
스며든 여유로움으로 고독감을 풀어냅니다.

따뜻한 커피 한 잔
마중물을 받으며 다가 온 손길
검붉은 빛깔, 향긋한 내음으로
전두엽과 뇌간을 타고 심장에서 위기를 구합니다.

작지만 단단한
쓰지만 향기로운 그 맛
정신적인 유희 따라 그윽한 영혼을 감싸는
하루의 일과 속에 자랑스러운 생각으로 시작됩니다.

집중과 미로의 시간
단계마다 쌓여지는 건축 공간에

파고드는 노폐물을 정리하고
한 잔의 위안으로 에너지를 발산합니다.

아름다운 하루의 인사는
따뜻한 마음에 전달한 온기가
온 몸 가득 퍼지는 오솔길 따라 산책한 길
정다운 아침을 해맞이합니다.

# 바람에 스며든 기쁨

어두운 밤이 지나고
따스한 햇살이 나를 돌보고 반기는 자태
너무 아름답다는 감정이 오릅니다.

오늘의 삶
나를 두른 채 포근히 감싸며
들숨과 날숨으로 나를 정겹게 반깁니다.

푸른 하늘과
초록으로 스며든 땅 위의 색상들
건물 사이로 지나가는 사람들 사이에
아침 바람은 멈추지 아니하고 살피고 지나갑니다.

바람은 아침에
나뭇가지 위에 앉아 보듬고 껴안아
생기를 불어 주고 관심을 자아냅니다.

바람은 화살이 되어
창가에 서서 기다리는 나를 신선하게 찾아와
있는 그대로의 나를 반기며
지금, 순수한 영혼의 기쁨으로 답례를 줍니다.

아침에 부는 산들바람
있는 그대로의 치유의 시간으로
무엇인가 부족한
몸과 마음을 구출하고서 즐거운 여행은 시작됩니다.

# 아름다운 것을 보면

천부적인 힘이 생성됩니다.

아무리 작은 것이라도
살면서
보는 자의 마음이 아름다움을 찾으면
그것만으로도 건강한 미를 얻습니다.

사람은 본래 자기만의 소유하는 영혼이 있습니다.
살면서
그 영혼 속에 존재하는 힘을 두드릴 때
존귀한 유산으로 탄생합니다.

나의 영혼 속에 바라보는 힘을 외면한다면
살면서
꿈과 이상을 버리게 되고
발아래에 놓여 있는 깊은 샘은 고갈됩니다.

곁에 아름다운 것을 보면
나의 휴스토리를 얻을 수 있고
살면서

아름다운 감각을 유지하는 생명물이 넘칩니다.

곁에 아름다운 것을 보고도
외면한다면
마음이 어지러워지며
나는 내가 아픈 줄도 모르고 공허감을 느낍니다.

아름다운 것을 가까이하면
나는 내가 힘을 얻는 사랑으로 즐깁니다.

# 수필

박두원

백옥희

현종헌

# 박두원

약력

경기도 안성 출생
가온문학 수필 등단
글길문학동인회 동인
조일광고 copy부문 신인상
홍익대 광고 홍보 대학원

# 봄꽃의 유혹

올해도 역시나 봄이 되니, 봄의 전령인 매화와 산수유가 추운 겨울을 이겨내고 '나 어때?' 라고 묻는 듯이 피었다. 개나리, 목련도 피기 시작하더니만 날이 3, 4일 갑자기 더워지니까 벚꽃이 여기저기서 꽃망울을 터트리며 그 화려함을 바로 뽐내기 시작했다. 다른 이름 모를 꽃들도 연이어 피어나고 있다. 또 한쪽에서는 진달래가 수줍게 웃으며 얼굴을 발그레 내밀고 있다.

이미 피어난 꽃들만 보아도 와~우! 하는 감탄사가 절로 나오지만, 이것은 아직 시작일 뿐, 자연이 펼치는 온갖 꽃들의 향연이 본격적인 무대를 펼쳐 보일 것이다. 이렇게 엄청난 자연의 축제와 공연을 즐길 수 있는 시간이 또다시 주어진 것에 감사한 마음이 절로 든다.

매년 그랬듯이 봄꽃의 향연을 즐기기 위해 전국 여러 곳에서 축제가 계획되어 있다. 진해 군항제, 화개장터 벚꽃 축제, 고려산 진달래 축제, 여의도 벚꽃 축제 등… 4~5월에만 우리나라 20여 곳에서 꽃 축제가 진행 중이거나 예정되어 있다. 인기 있는 몇몇 축제에는 사람들이 넘쳐나서 말 그대로 발 디딜 틈이 없을 것이다. 한편 봄꽃과 더불어 노래와 춤과 취객 또한 넘쳐날 것이다.

사람들이 봄꽃에 이렇게 들뜨고 열광하는 것은 아마도 어둡고 긴 추운 겨울을 보내고 만물이 소생하는 따뜻하고 꽃피는 봄과 함께 희망찬 미래를 소망하기 때문일 것이다.

그런데 우습게도 사실 꽃은 '식물의 생식기'일 뿐이다. 이는 생명이 시작되는 곳이요, 자신과 닮은 새 생명을 퍼뜨려 종족을 보존하고, 잇고 진화를 통해 자신의 분신을 통해 부활하는 생명 활동을 해내는 곳이다.

한편으로는 각자 나름으로 선택되기를 바라며 치열하게 경쟁자를 따돌려 이성을 유혹해 교접을 이루는 생명의 근원지인 것이다.

자연은 이를 위해 온갖 화려한 색과 모습을 동원하여 일을 성사시키는 데, 한 쪽에서는 처절하기까지 한 경쟁을 유발하기도 하는 곳이다.

꽃이 그냥 아름답기만 한 것이 아닌 것은 이러한 이유 때문이다. 재미있게도 꽃을 보는 것은 다양한 식물의 생식기 즉, '생명의 근원지'를 보고 있는 것이다. 그런데 묘하게도 꽃을 보면 그 화려하고 다양한 색과 향기로 인해서 어두운 생각이 물러가고, 정서적 안정감과 더불어 동심이 살아나고, 밝고 산뜻한 느낌이 우러난다. 이에 따라 병이 치료되기도 한다. 색과 향기가 주는 작용이라고나 할까? 구미 선진국 몇 나라에서는 이러한 '꽃의 역할'에 주목하고 미래 유망 직업으로 '원예치료사'를 양성 중이며 인기 또한 높다.

그러나 일 년 내내 이렇게 따뜻하고, 꽃이 피고, 축제가 열려서 들뜨고 즐겁기만 하다면 참 좋으련만 '화무십일홍花無十日紅'이라 좋은 시절은 얼마 후면 다 지나갈 것이다. 시간이 가면 계절은 또 어김없이 바뀌고야 만다. 그에 따라 우리 몸도, 하던 일도, 이웃도, 사회도 또 친했던 친구도 변화의 소용돌이에 빠져 전혀 예상치 못한 상황에 놓이게도 된다.

이러한 일들을 인류역사에서 지혜의 대명사로 꼽히는 솔로몬 왕은 약 3,000년 전, 자신의 인생 말년에 지나온 날들을 되돌아보며 기록하기를….

내가 돌이켜 해(태양)아래서 살펴보니

- 빠른 경주자라고 먼저 도착하는 것이 아니며
- 힘 있는 자라고 전쟁에서 꼭 승리하는 것이 아니며
- 지혜 있는 자라고 곡식을 잘 수확하는 것이 아니며
- 착한 사람이 부자로 사는 것도 아니며
- 재주 있는 자라고 은총을 입은 것이 아니다.

"시기와 우연에 따라 달라지느니라"라며 사람 마음대로 모든 일이 되는 것이 아님을 의미 있게 얘기하고 있다. 그는 이어 어떤 누구에게도 '언제든지 어려움(재앙)이 닥칠 수 있음'도 덧붙여 알려주고 있다.

이제 가버리면 다시 오지 않을 2016년 4월에 벌어지고 있는 자연이 펼치는 꽃의 유혹! 꽃의 축제! 꽃의 향연!
자연과 더불어 봄꽃에 유혹 당하고, 즐기고, 노래하고, 누리자!
(단, 갑작스런 재앙에 언제든지 대처할 준비를 해가면서…)

그것이 100년도 살기 어려운 '연극 같은 이놈에 인생사'를 재미있게 사는 것이 아닐까

## 백옥희

약력

경북 영덕 출생
글길문학동인회 총무
시와 길 문학 회원, 안양시낭송협회 이사
수원 한글날기념 시낭송대회 동상
오산시 낭송대회 장려상
관악백일장 시부문 입상

# 아마도 모를 거야

9호선 6번 출구 서울 여의도동 1번지 지상에 나서면 국회 의사당 후문이 나온다. 장미 넝쿨이 부둥켜안고 가시를 꽃잎에 감춘 채 담을 이루는 마당에 국회의사당 팔층 건물이 있다.

안양에서 국회의사당 갈 일이 없었는데 작년에 이어 두 번째 갔다. 작년은 '연탄 나눔 문화행사' 초청으로, 올해는 '재경 영덕군 향우회' 초청이다. 몇 발짝 의사당 후문을 들어서니 경찰이 다가와 용건을 묻는다. 정황을 얘기하니 친절히 안내한다. 운동장은 의사당 본관 뒤에 있으니 잔디밭을 가로질러 가면 된다.

가끔 버스나 전철 안에서 바라본 의사당 건물은 갓 쓴 선비가 겉멋으로 우쭐대는 곳 같았다. 잘 자란 잔디의 까만 씨앗을 발로 차며 운동장을 향해 간다. 가까이서 본 건물은 봄을 만끽하는 친구처럼 다가온다.

먼저, 1975년에 완공한 의사당은 8도를 뜻하는 기둥 8개가 앞뒤를 떠받고 있으며, 양옆 8개의 기둥은 사계절을 뜻한다. 모두 24개 둥근 기둥은 팔도 국회의원들이 24절기 동안 국민을 늘 생각한다는 의미가 있다. 갓을 닮은 원형 지붕은 팔도의 각각 다른 의견을 대화를 통해 통합을 이루는 의회 본질을 의미한다. 통일을 지향하는 한국적인 외관에 우리나라 자제와 우리 기술로 지은 건물이다.

42년 이란 역사와 사건을 간직한 의사당은 조금씩 지쳐 가는지 지게차 위에서 기술자가 외벽 보수를 하고 있다.

발길을 옮겨 운동장에 가니 한개 군에 여덟 개 면 소제지 향우 회원들이 꾸물거리던 하늘에서 기어이 내리는 비를 맞으며 열띤 체육대회를 하고 있다. 초등학교 동창이 있는 달산면 향우회 천막에는 선배님, 친구, 후배들이 정담을 나누며 각자 맡은 일을 하고 있다.

음식을 담당한 친구가 반가이 맞으며 겉절이, 미역 무침, 아나고 물회, 고추 무침, 대개 찜, 고등엇국, 잡곡밥을 한 상 차려낸다. 때가 늦어서 시장한 차에 연신 젓가락질을 하며 마주 앉은 친구의 대회 정황 설명에 고개를 끄덕인다.

서울 사람은 아마도 모를 거야. 고등엇국 맛을 모를 거야. 영덕 대게도 유명하지만 등 푸른 생선으로 배추 시래기를 넣고 국을 끓여도 비린내가 안 난다는 것을요….

여의도 사람은, 아니 도시 사람은 아마도 모를 거야. 사과꽃, 배꽃, 복숭아꽃, 과수원의 단내로 벌이 윙윙대는 날갯짓에 농장 주인의 이마에 흐른 땀이 마르는 일. 등 하굣길 학창 시절이 파노라마처럼 떠오른다. 이런 추억에 한참 동안 잠겨 있는데, 탁주 따르는 소리에 고개를 드니 향우 회장 윤 씨이다. 요즘 여느 장소든 오 육십 대가 주류인데 회장님의 영향인 듯 사 오십 대가 가족과 함께한다.

오랜 객지 생활에 고향의 사람들과 이렇게 만나면, 어투가 그렇고, 음식이 그렇고, 공감하는 얘기가 풍성하다. 오늘 체육대회 종합 우승은 축구 시합에서 비를 맞으며 몸을 사리지 않고 우승한 옥개면이 차지했다.

글자가 박힌 수건을 머리에 쓰고 역까지 친구의 차를 타고 다시 9호선 6번 출구로 간다.

오늘 향우회 운동회에 와서 느낀 점은 의사당에서 국회의원들도 여덟 개 면이 뭉쳐서 하나의 군을 이룬 향우회 화합 잔치처럼, 또 가시 돋친 몸이지만 어우러지면 향기를 뿜는 장미처럼 통합이란 향기로 거듭 나기 바란다. 그러면 자식들이 이를 보고 이웃과 정을 나누고 약자의 편에서 살아가면 사회는 더 밝아지겠지? 고등엇국 향수에 젖어 행복하겠지.

오늘 나처럼.

**현종헌**

약력

1958년 제주 출생,
대구대학교 및 한국교원대대학원 국어교육과 졸업
"포스트모던" 시 신인상. 월간중앙 넌픽션 당선
시집:『추억은 하늘 속에 흩날리고』
수필집:『유채꽃』,『산속에서 열흘』,『성산일출봉』등

# 거제는 불타고 있는가 외 1 편

 연합군이 노르망디 상륙 작전에 성공하자 위기감을 느낀 독일의 히틀러 총통은 프랑스의 수도를 불태워 잿더미로 만들어 버리라는 명령을 내린다. 이에 파리의 점령군 사령관은 예술을 사랑하는 사람으로서 고뇌에 빠진다. 얼마 후, 연합군과 레지스탕스 군은 승전에 승전을 거듭하며 파리로 입성하고, 점령군 사령관은 총통으로부터 걸려온 전화를 미처 받지 못한 채 항복한다. 이때 수화기에서 히틀러의 절규하는 목소리가 흘러나온다. "사령관, 지금 파리는 불타고 있는가?"

 제2차 세계대전을 배경으로 한 영화 "파리는 불타고 있는가"의 줄거리이다.

 지금 거제도의 상황이 그런 것 같다. 악마의 사주를 받은 자가 거제 섬을 통째로 불태워 버리라고 명령을 내린 것 같은 분위기이다. 하필이면 지금 유행하고 있는 한 아이돌 그룹의 노래 제목도 '불타오르네!' 이다. 후렴구의 "화이어(Fire)!"소리가 사방으로 우렁차게 울려 퍼지고 있는 듯하다.

 나는 7개월 전인 2015년 12월 16일부터 18일까지 거제도와 그 주변을 다녀왔다. 경기도교육청에서 학생 취업률 향상에 공이 많은 경기도 특성화 고등학교의 교사들 80여 명을 선정하여 워크숍 자리를 마련해 주었다.

 난생처음 갔던 거제도 여행은 2박 3일 내내 나에게 충격을 안겨 주었다.

 거제도는 우리나라에서 제주도에 이어 두 번째로 큰 섬이다. 제주도에

비해 해안선은 길지만, 인구는 절반에 좀 못 미친다. 한국사 교과서에는 '거제도 포로수용소'와 임진왜란 때 원균의 조선 함대가 몰살당한 '칠천량漆川梁 해전'정도가 언급돼 있다. 나는 거제도가 과거는 그렇게 쓰라렸지만 현재는 조선업이 발달하여 좀 발전한 섬이겠거니 했다. 하지만 눈앞에 나타난 섬 풍경은 상상 속의 모습 이상으로 화려하고 웅장했다.

다리를 건너 섬 안으로 들어서자마자 나타난 고층 건물들과 엄청난 규모의 공장 지대가 너무나 세련되고 으리으리하여 외형을 보는 것에서부터 경이로움과 위압감을 느꼈다. 흔히 거제도를 일컬어 '세계 으뜸가는 조선 왕국'이라던 말뜻이 실감났다.

나는 내려오는 중도에 천안여자상업고등학교에 들러 이미 큰 놀라움을 경험했던 터였다. 변방 학교에서 관리자와 교직원이 일심동체가 되어 이루어 놓은 재학생들의 엄청난 취업 실적은 수도권 지역에서 취업률 유공 교사의 신분으로 방문했던 우리들을 아연케 했다. 그곳 관계자로부터 취업 관련하여 강의를 듣는 내내 나는 경기도를 대표해서 왔다는 사실이 부끄러워 가만히 고개를 숙였다. 통영 항에 들러 중앙시장 위쪽의 동피랑 벽화 마을을 쭈욱 둘러볼 때까지도 그 감동은 쉽게 가시지 않았다. 그러나 거제도에 들어서면서 나는 또다시 새로운 경이로운 감정 속으로 빠져들었다.

저녁 세미나 시간에 특강을 들으며 유리 통창 밖으로 보이는 거제도의 밤 풍경은 참으로 이국적이었다. 목련꽃 이파리를 뒤집어쓴 듯이 새하얀 불빛 가득한 조선소와 그 옆에 거대한 성벽처럼 우뚝우뚝 솟은 고층 사택들, 그리고 그곳에서 쏟아져 나온 빛이 출렁이는 밤물결 위로 번져 나가는 모습을 보면서 나는 저절로 터져 나오는 탄성을 자제할 수 없었다.

밤늦은 시각에 나는 혼자서 거제항 주변을 거닐었다. 소금기를 머금은 차가운 물보라가 뺨으로 날아와 달라붙었다. 그때마다 짭쪼롬한 바다내음이 코끝으로 묻어났다. 날밤을 새울 요량인지 어둠이 깊도록 조선소의 작업장 불빛은 꺼질 줄 몰랐다.

　이튿날 새벽에도 나는 숙소를 나와 조용히 새벽의 해안가 길을 산책했다. 자전거와 오토바이를 탄 삼성중공업 직원들의 새벽 출근길 풍경이 장관을 이루었다. 찬바람에 몸을 가리려고 회색빛 작업복에 웅크린 모습이 전장에 나서는 닌자 거북이 같아 나는 속으로 키득거렸다. 정직원 1만 4,000명에 협력 업체 직원까지 합쳐 4만여 직원들이 그곳에서 근무한다고 했다.

　오전에는 삼성중공업의 내부 시설을 견학하는 프로그램에 참여했다. 움푹 패인 땅 밑 도크에서 배를 건조한 후 그곳에 물을 채워 바다로 띄우는 과정 속의 한 장면을 보며 나는 공상 과학 영화를 감상하고 있다고 착각했다. 현대 교육에서 창의력을 강조하는 이유를 알만했다. 어린 학생들을 수장시킨 세월호 사건 때 진도까지 출장을 다녀왔던 국내 최고의 크레인이 그 옆에 서 있었다.

　조선업이 불황이라지만 그곳에선 배 만드는 작업이 한창이었다. 거제도를 빠져나가면서 보았던 그 부근의 대우해양조선의 풍경도 마찬가지였다. 거대한 두 조선소가 서로 경쟁하듯이 활기 넘친 모습으로 잘 돌아가고 있는 듯했다.

　그때까지만 국내 조선업이 곤경에 처해 있다는 말이 엄살처럼 들렸다. 그러나, 해가 가고 2016년이 밝자 우리나라 조선 업계의 사정이 갑자기 곤두박질치기 시작했다. 4월로 접어들 때까지 해외에서 선박 수주를 한 건도 하지 못했다. 이대로 가다가는 올 연말이면 2만~3만 명의 실업자가 발생할 것이라고 아우성이었다. 그런 상황은 7월 중순에 접어든 지금까지도 전혀 나아진 바가 없었다.

　조선업이 활황이던 작년 이맘때까지만 해도 거제도는 매일매일 축제 분위기 속에서 지냈다. 전국이 외환위기로 신음하던 1990년 말의 IMF 사태 때에도 한숨 소리 하나 들리지 않던 지역이었다. 현재 한국의 1인당 국민소득이 27,000달러에서 올해에도 3만 불을 넘기기가 힘들다며 자책하고 있지만, 거제도는 3년 전에 이미 5만 달러를 달성했었다. 그때 서울의 신생아 수가 1,000명당 9.2명일 때 거제는 15.2명이었다. 최근 10년간 인구도 해마다 5천 명씩 늘어 현재는 25만 8천 명이다. 그야말로 "한반도에서 나 홀로 빛나던 찬란한 섬"이었다.

그랬던 거제도가 지금 세계 조선 불황의 파고에 휩쓸리면서 그 회오리 속을 헤쳐 나오지 못하고 허우적대고 있다. 사방에서 경제 쓰나미가 몰아닥치고 있다고 경고음을 울려대지만 손써볼 겨를이 없는 모양이다. 인터넷 검색창에다 '거제도 조선소'를 쳐넣으면 '거제도 불황, 거제 경제 최악, 불 꺼진 거제'같이 우울한 관련 검색어만 줄줄이 뜬다. '불타는 거제'가 안 뜨는 걸 다행으로 여겨야 할까.

모든 경제 현실은 증권 시장이 정확히 답해 준다. 2008년에 62,000원대 하던 대우해양조선의 주가가 2016년 7월 중순 현재 4,500원대이고, 덩치가 워낙 커서 외세에 잘 움직일 것 같지 않던 삼성중공업도 같은 시기의 60,000원대에서 10,000원대로 폭락해 있다. 외국인 투자자들이라도 넘쳤다면 같이 슬픔을 나눌 텐데 그들은 주로 우량주에만 손대고 있었다. 152만 원 하는 삼성전자 같은 황제주에는 외국인이 무려 51%가 몰려 있다. 조선업 주식은 외국인의 소유가 10%대이다. 외국인 투자자들은 얄밉게도 한국의 주식 투자에 대해 손해 보지 않는 비결이라도 갖고 있는 모양이다.

거제도에 있는 두 개의 조선소에서만 작년 한 해에 7조 원의 적자를 기록했다. 그 두 곳의 직원 8만여 명 중에 1/4인 2만 명 이상이 해고될 듯하다는 뉴스가 연일 전해지면서 국민을 울적하게 만들었다. 직원의 70% 이상이 협력사와 일용직 근로자이다. 이들은 노조의 버팀목이 없어서 회사 사정의 여의치 않으면 바로 해고된다. 대량 실직 사태가 코앞에 다가와 있다.

엎친 데 덮친 격으로 노동자들은 사측을 향해 과격하게 대응할 조짐을 보이고 있다. 최근에 삼성중공업 노동자협의회는 파업을 선언했고, 조선소 안에서 집회를 열었다. 2014년의 부분 파업 이후 2년 만의 파업이다. 다른 조선소의 근로자들도 파업을 결의했으나 여론의 동향을 살피느라 현재 관망하고 있는 중이다.

이곳의 노동조합원들은 강성 이미지로 각인돼 있어서 외부인들로부터 손가락질받을 때가 많다. "우리가 만족스러울 때까지 요구 사항을 들어주지 않으면 회사를 뒤엎겠다!" 식으로 나오니 국민들의 시선이 고울 리 없다. 그 요구 사항이라는 게 거의가 돈 타령이다. 따라서, 지금처럼 불황이 닥치자 "이번에 제발 망해라! 지긋지긋한 너희 중공업 노조원들, 이제 회사가 문 닫으면 어쩔 건데?" 하는 식의 여론도 많다.

언론은 "해외에서 발주된 물량의 대부분을 중국이 가져가고 있는 것이 한국 조선 불황의 주요 원인"이라고 진단했다. 우리와 동등한 기술력을 지닌 중국의 인건비가 싸서 다 그리로 간다는 것이다. 하지만 조선 업종을 잘 아는 사람들은 중국도 조선소의 절반이 문 닫고 있는 실정이라며 언론이 너무 앞서간다고 볼멘 소리를 했다.

거제도 조선소에 취업한 어떤 대졸 초년생은 어느 인터넷 게시판에 다음과 같은 글을 올렸다.

"거제는 절대 사람 살 곳이 못 된다. 시골 주제에 물가도 저렴하지 않고, 음식점들은 죄다 핵노맛에 서비스 마인드가 전혀 없다. "너 말고도 올 놈 많다." 이런 식이야. 문화 시설을 즐길 곳도 거의 없다. 바다 보는 것도 하루 이틀이지. 게다가 생산직 녀석들 딥다 무식하고 꺼떡하면 기어오른다. 말이 안 통해. 공고 나온 고무통 놈들, 돈 좀 만진다고 하는 짓거리를 보면 극혐이다. 더더욱 엿 같은 건 거제도 처자들의 마인드다. 직업도 천한 잡것들이 남자 간 보는 데는 죄다 이골이 나 있어. 대학 시절의 여자애들 보다가 얘네들 보니 오바이트 쏠린다. H 공대 나온 남친 냅두고 1억 원짜리 아우디 모는 작은 조선소 사장의 고졸짜리 아들 이랑 바람피우는 거 본 적 있다. 암튼 거제도는 정말 불가피한 상황 아니면 오는 것 절대 비추다. 하다못해 창원이나 울산이 낫다. 여건 되면 수도권에 사는 게 가장 낫긴 하지만. 아 이 엿 같은 섬, 내년에는 뜰 거다."

나는 이 글을 읽고 문득 고교 시절을 떠올렸다. 공고 졸업반이던 1976년 6월에 대한전선으로 취업을 나갔다. 30대 중후반의 작업반장이 20대 중반의 신입 사원한테 불량품을 많이 낸다고 귀싸대기 얻어맞던 장면을 보았을 때는 사회가 이런가 하고 소름 돋았었다. 파업은 물론 노조 활동을 해보겠다는 생각조차 감히 품을 수 없던 시절이었다. 자신의 출신 대학을 밝힌 글쓴이는 옛날에 작업반장을 때렸던 신입 사원이 나온 대학교 같은 과의 직계 후배였다. 후배는 현재 거제도의 경제 상황이 어떻게 돌아가고 있는지 모르고 있는 듯했다. 과연 내년에 거제도를 뜰 수 있을지가 궁금했다.

오후에는 모든 시름을 내려놓고 외도 유람선에 몸을 실었다. 얼마 후, 해금강이 눈앞에 나타나자 나는 동양화의 한 폭 그림 속으로 빨려 들어가 있다고 생각했다. 신비로운 경치에 넋을 빼앗겼는지 일행들도 입을 다물지 못하고 있었다.

수면 낮게 날던 겨울 철새들이 하늘로 솟아오르는 모습을 보니 막혔던 가슴이 뻥 뚫리는 듯했다. 맑고 청아한 새소리만 듣고 있어도 행복 지수가 팍팍 솟아오르는 느낌이었다. 거제도가 고향인 국민 새 박사 윤무부 교수가 왜 평생을 새에 빠져 살았는지 알만했다.

요 근방 어디엔가 매물도가 있다는 안내원의 말에 내 귀가 솔깃했다. 우리 학교에서 근무하는 한 동료 여교사의 고향이기 때문이다. 그곳이 마치 남해의 외딴 섬에서 자란 내 고향인 양 그리웠다.

뱃길로 20분여의 바다 관광을 마치고 외도에 이르렀다. 장승포항, 구조

라항 등에서 유람선으로 15분이면 닿는 곳이다.

외도는 섬 전체가 진귀한 식물과 조형물로 꾸며진 바다 위의 정원과 같았다. 선착장에 내리자 빨간 기와를 얹은 이국적인 정문이 나타났다. 그리고 섬을 온통 울긋불긋 수놓은 많은 남국의 식물들이 눈을 시리게 했다. 열두 개의 비너스 조각상이 전시된 섬 위의 비너스 정원에 서 있노라면 해금강과 주변 섬들의 찬란한 풍경이 한눈에 들어왔다.

1970년대만 해도 척박하고 외로운 바위섬이었다는데 어느 부부 교사가 이 섬에 들어와 30여 년을 살면서 4만 7,000평의 대지 위에 1,000여 종에 이르는 식물을 가꾸어 관광농원처럼 만들었다. 방문객들은 그들 내외가 보여준 대단한 의지에 찬사를 보내며 혀를 내둘렀다. 나는 그들의 노고를 인정은 하면서도 '이 섬을 자연 그대로 놔뒀더라면 더 아름답지 않았을까.' 하고 뒷전에서 혼자 딴지를 걸어 보았다.

워크숍의 마지막 날, 우리는 남해에 있는 독일 마을로 갔다.

그곳은 2001년부터 만들었다는 남해시의 야심작답게 관광지로서 손색이 없어 보였다. 이국적인 마을 풍경 하나만 가지고도 외부인들의 관심을 끌기에 충분했다.

파독 전시관에서 1960년대 독일로 간호사와 광부로 돈 벌러 갔던 산업역군들의 활동상을 둘러보았다. 그곳에 전시된 사진과 물품들이 동시대에 비슷한 어려움을 겪고 살았던 내 가슴을 뭉클하게 했다. 거의 다 알고 있던 사실이었으나 막상 기록물들을 눈앞에서 다시 보니 감회가 새로웠다.

모든 정책을 경제 개발에 초점을 맞추었던 당시의 박정희 대통령은 이나라 저 나라에 돈을 꾸러 다닌다. 믿을 것 없는 가난한 나라에 어느 나라도 돈을 빌려주려 하지 않는다. 그러던 중, 한창 경제 개발 붐이 일던 독일이 응해 온다. 그러나 돈을 꿔 주고자 하는데, 지급 보증해 줄만한 국내 은행이 없었다. 그래서 나온 아이디어가 광부와 간호사를 독일로

파견하는 일이었다. 박 대통령은 노동자들을 담보로 돈을 꿔 올 수 있었고, 그 돈으로 경제 부흥에 더욱 박차를 가할 수 있었다. 그들이 벌어들인 총수입이 당시 우리나라 1년 예산의 1/10 정도였다고 한다.

사진을 보면 독일에서 일하던 광부들의 모습이 무척이나 다부져 보인다. 그러나 이를 꽉 다문 표정이 어딘가 모르게 애처롭기 그지없다. 갱 속의 모든 도구가 서양인의 체형에 맞게 제작돼 있어서 아무리 건장한 한국인일지언정 작업이 고될 수밖에 없었다. 숨만 내쉬면 입안에서 단내가 폴폴 났을 것이다. 하지만 그들은 밝은 내일을 기약하며 시커먼 석탄 덩어리 속에 젊음을 묻고 궂은일에 전념했다.

나는 한독실업고등학교를 졸업했다. 한국과 독일의 앞글자를 딴 교명이 암시하듯이 학생들은 졸업과 동시에 독일에 많이 진출했다. 선진 기술을 배우기 위해서였다. 독일 유학이라는 특혜가 있었기 때문에 당시에 내 모교의 인기는 대단했었다. (내가 입학할 때부터 독일 진출의 길이 막혔다) 하지만, 당시에 독일 다녀온 선배들의 말을 듣다 보면 낭만적인 면이라곤 하나도 없었다. 아마도, 광부들이 땅속을 박박 기며 피땀을 쏟았듯이 그들 또한 날마다 기계 앞에 매달려 쇳가루 먼지와 굉음에 시달리며 공포의 시간을 죽여 갔을 것이다.

독일에서, 성실한 한국 간호사들의 인기도 대단했다고 한다. 나는 우리 학교의 보건간호과 학생들에게 보여주기 위해 그녀들이 활약했던 당시 사진들을 휴대폰 카메라에 담았다. 얼마 전에 상영했던 1,000만 관객 영화 "국제시장"에서 이때의 활약상을 대부분 보았던지라 지금의 젊은 세대들도 그 시절의 어두웠던 실상을 쉽게 떠올릴 듯했다.

'한강의 기적'이라며 종종 입방아에 오르는 대한민국의 경제 신화는 그런 과정에서 탄생되었다.

여기까지 와서 독일 맥주 맛을 안 보고 가면 후회할 것 같았다. 독일의 맥주 축제를 연상해서였는지 맥주를 한 모금 들이키자 달콤한 향이 온몸으로 번지는 것 같았다.

　그곳이 이번 연수의 마지막 자리임을 알고 모든 선생님이 한껏 흥을 돋웠다. 한 해 동안 학생들을 취업시키느라 고생 많았던 우리 선생님들의 모습이 자랑스러웠다. 나 역시 그 속에 하나 끼어 있다니 은근히 자부심이 생겼다.

　남해를 빠져나갈 때 나는 이미 거제도를 벗어나 다른 섬에 가 있었다는 사실을 깨달았다. 경남 사천에서 남해까지 뭍과 섬들이 거미줄처럼 연결돼 있었다.

　그 근방인 창선도가 고향인 우리 학교의 어느 선생님은 육지와 연결된 다리 때문에 변한 인심을 개탄했다. 보상금을 받은 졸부들은 다리 하나 건너 시내 유흥가를 싸돌아다니며 흥청망청 돈을 뿌리는가 하면 선량하던 아낙네들도 괭이 잡고 쌔빠지게 밭 갈며 돈 버느니 도심에 나가 마이크 붙잡고 노래방 도우미로 즐기며 비싼 일당 버는 이상한 풍속에 빠져든다며 한숨을 내쉬었다.

　옛날에, 하동군 노량리와 남해군 노량리 사이의 노량해협은 불과 1km가 되지 않는 짧은 뱃길이었다. 태풍이 와서 배가 끊기면 며칠이고 섬에 갇혔다. 조선 시대에는 유배지로 각광받던 곳이었다.

　1973년에 남해대교가 완공되자 섬은 유명세를 탔다. 관광객이 열 배 이상 늘어났다. 작은 논에 벼농사를 하고 가까운 연안에서 임연수어를 잡아 겨우 생계를 잇던 2천여 주민들은 너나없이 관광 산업으로 뛰어들었다. 소득은 자연스레 올라갔고 외로웠던 섬은 생기가 돌기 시작했다. 미스코리아의 수영복 사진을 남해대교에서 찍기도 했다.

　2003년에는 남해도, 창선도, 삼천포를 잇는 창선-삼천포대교가 완공되었다. 2010년에는 부산과 거제를 잇는 거가대교도 완공되었다. 바야흐로 바다 밑으로 차가 다니는 시대가 되었다.

　우리 주변이 하루가 다르게 변화하고 있다. 늘 새로운 환경에 적응하며 교단에 서야 하는 우리 교사들은 아침에 눈 뜨기가 무섭다. 요 며칠 새에 갑자기 출현한 '포켓몬 고'도 그런 예 중의 하나이다. 그 게임으로 인하여 지금 전국의 학교 현장이 들썩이고 있다. 증강현실(AR) 모바일 게임이라 하여 보안에 비상을 걸고 있을 정도이다.

남해를 떠나 목적지인 수원에 올 때까지 나는 즐거웠던 여행을 되새기며 눈을 감았다. 그러나 쉽게 잠결에 빠져들 수 없었다. 경제가 나락으로 빠져 허우적이는 거제도 주민들에 대한 염려 때문이리라.

아내는 거제도에서 조선소에 다니며 돈 잘 벌고 착한 신랑을 둔 고등학교 동창생을 무척 부러워했었다. 그 남편은 어느 날 거제 해안으로 낚시하러 갔다가 바다에 빠져 죽었고 동창생은 자녀들을 데리고 얼마 전에 상경했다. 거제도가 고향인 내 친구는 친척 형이 자기 땅 내놓으라며 민사재판에 시달리고 있다고 고통을 호소해 왔다. 갑자기 치솟는 거제의 땅값에 일찍이 땅을 양도했던 친척 형은 괜히 배가 아팠던 것이다.

그들에게 거제도는 어떤 섬인가.

하지만 누가 어찌 되었든 간에, 거제는 지금 보이지 않게 불타오르고 있는 중일 것이다. 남해를 떠나던 날 문득 하늘을 올려다보았을 때 붉게 노을 지던 모습이 슬프게 느껴진다.

# 꼬마 새 박사의 폭풍 성장 스토리

2016년 7월 2일. 정다미 양을 만나러 가는 내 심정은 기대 반 흥분 반이었다. '꼬마 새 박사'에서 '국내 최연소 조류 전문가'로 거듭난 현재의 모습이 궁금했다.

며칠 전에 통화하면서 들었던 다미 모의 목소리가 귓가에 쟁쟁했다.

"현 선생님, 저와 인연을 끊으실 거예요? 그동안 연락 한번 없으시고. …… 우리나라는 여자가 전문가로 나서기가 힘든 환경인 듯해요. 여러모로 참 힘이 드네요. …… 아 참, 다미가 작년에 우리 집에다 '꾸룩새 연구소'를 차렸어요. 꼭 구경 오세요."

연락 안 하기는 그녀 자신도 마찬가지였는데 나한테만 타박했다. 솔직히 말하자면, 연락은 하고 싶었으나 어느새 부쩍 높아진 다미 양의 위상에 쉽게 다가설 수 없을 것 같았다.

나는 아내와 딸을 데리고 파주에 사는 다미 양네 집을 향했다. 오전에 연구소 강의가 예정돼 있다고 해서 약속 시간을 늦춰 잡고는 그 전에 행주산성, 헤이리 마을, 프로방스 마을, 임진각 등을 둘러보았다.

오후 세 시쯤, 최종 목적지에 도착했다. '꾸룩새 연구소'라는 팻말이 큰 도로에서부터 집까지 일정한 간격을 두고 붙어 있었다.

다미 양은 학교에 가고 없었다. 요즘 박사 논문 준비 때문에 휴일도 없다고 했다. '날짜를 잘못 잡고 왔구나.' 하고 후회했으나 우리를 반갑게 맞이해 주는 다미 모의 정성에 기분이 풀렸다.

언제나처럼 그녀는 시원한 물 한 모금의 접대보다 새 이야기가 먼저였다.

"여기 담쟁이들을 보세요. 포도송이 같은 잔 열매가 알알이 맺히면 지

빠귀, 딱새 같은 철새들이 와서 따먹곤 해요."

그리고 우리를 뒤란으로 안내했다. '물의 정원'이라는 팻말을 매단 조그만 옹달샘을 가리키며 "새들이 목욕하는 곳"이라고 했다. 거울처럼 맑디맑은 옹달샘의 천연수를 그녀는 자신의 매끈한 속살을 내보이듯이 자랑스러워했다. 샘가에서는 새와 나비, 청솔모들이 한 식구들처럼 모여 논다고 했다. 뒤편 느티나무 둥지 상자엔 박새 가족이 집을 짓고 살고 있었다.

수백 년을 시골 터에서 살아왔던 시가(媤家)이지만 최근 십여 년 사이에 파주가 신도시로 변모해 가면서 이곳도 자연히 도시화의 영향을 받게 되었다. 이런 곳에서 유휴지래야 보잘것없겠지만 다미 양네는 경계선 없는 뒷동산을 공유하며 나름 500여 평 가량의 텃밭과 뒤뜰을 가지고 있었다. 그 땅에다 아기자기하게 여러 종류의 나무들을 심었고, 거기에 인공 새집을 매달거나 새 먹잇대를 만들었다.

"새들이 꽃씨를 먹고 똥을 싸면 또 예쁜 식물 군락을 이루겠죠?"

자연을 바라보는 다미 모의 말에는 언제나 희망이 흘러넘쳤다. 그러나 요즘 꽃매미 유충이 심각할 수준으로 많아져서 생태계가 파괴돼 가는 것을 아무도 신경 쓰지 않는다며 우려하기도 했다. 지난 한 달간 미국에서 홈스테이로 탐조 다니면서 느꼈던 그곳 사람들의 생태 인식 수준을 부러워했다.

이어, 그녀는 '벌레 호텔'이라는 곳으로 우리를 안내했다. 나무토막을 잘라 구멍을 송송 낸 다음 그리로 벌레를 유인하게 만들었다. 그런 나뭇단이 20단쯤 켜켜이 쌓여 있었다. 벌레들의 안식처였다.

그 옆에 있는 시멘트 가루가 잔뜩 묻어나는 허름한 강의실이 내 눈길을 사로잡았다. 빔 프로젝트만 없었다면 6·25전쟁 때 임시수도인 부산에 차려진 어느 대학의 임시 강의실이라 해도 영락없었다. 이다음에 다미 양이 크게 성공하면 기념비적으로 남을 명소가 될 듯했다.

꾸룩새 연구소의 진품은 별채에 보물처럼 전시돼 있었다. 대여섯 평 남짓한 허름한 공간이 앞으로 다미 양의 꿈이 펼쳐질 전초기지이리라. 그 곳엔 다미 양이 어려서부터 공부한 새 관련 자료와 연구물들이 진열대 위에 누워 있었다. 새 깃털을 모은 자료집과 처마에 만든 제비집이 인상적이었다.

다미 모는 내가 적극적인 반응을 보이자 신바람이 났는지 계속해서 보배로운 물건들을 보여주었다. 이번엔 5센티미터 두께의 낡디낡은 새 도감 책이 화젯거리로 올랐다.

"다미가 초등학교 때부터 교과서처럼 여겼던 조류 도감이에요. 이렇게 헤어지도록 보고 또 보더라구요. 처음엔 저러다 제풀에 꺾여 관두겠지 싶었는데, 날이 갈수록 집착하더니 오늘에 이르렀어요."

이제는, 자신의 한 마디면 이름값을 할 만큼 다미 양은 어느새 새 분야의 전문가로 성장해 있었다.

철새를 소재로 한 프랑스의 애니메이션 영화 "옐로 버드"를 다미 양이 적극 추천했다는 평으로 그 작품은 대번 권위를 샀다. 어린이들을 위한 "철새 탐구 영상"이 나왔을 때 "철새들이 전열을 흩트리지 않고 종착지까지 날아가는 모습에서 동료애와 단결심을 배우게 된다."고 그녀가 멘트한 마디를 던지자 그 콤팩트디스크는 단숨에 우수 교육 자료의 반열에 올라섰다. 새와 관련해서라면 홍보 관계자들이 미사일처럼 그녀의 뒤를 추적하고 있는 듯했다.

나와 다미 양의 인연은 2008년 여름으로 거슬러 올라간다. 내가 경기도교육청의 명예기자로 활동하고 있을 때 나랑 가까이 지내던 그녀의 외삼촌이 대단한 꼬마 새 박사라며 외조카를 소개했다. 그녀가 사는 파주까지 가서 취재한 후 경기도교육청의 인터넷 홍보 사이트인 '짱짱뉴스' (나중에 '경기교육뉴스')에 기사를 올렸다. 독자들은 파주의 공릉천, 산남 습지, 법흥리 등지에서 노랑부리저어새, 대백로, 수리부엉이 등을 탐조하는 앳된 여고생의 사진 속 모습에서 강렬한 인상을 받은 듯했다. 반응이 좋자 이번엔 '월간 경기교육'에 소개했고, 남한산성의 새 연구 전문가로 명성이 자자한 다미 양 외삼촌의 새 사진들까지도 연재 게재했다.

다미 양은 초등학교 4학년 때 엄마가 가져다 준 팸플릿 속에서 농약에 중독된 기러기를 먹어 떼죽음당한 독수리들의 사진을 보고 충격 받으면서 새와 인연을 맺었다. 초등학교 6학년 때에는 어느 생태 사진작가의 블로그 속에서 자기가 좋아하는 청호반새를 보고 그때부터 탐조 활동에 빠져들었다. 전국 어디를 가나 동행하는 어머니는 그녀의 열렬한 후원자였다.

분당대진고등학교 1학년 때에 최연소 나이로 한국야생조류협회의 정회원으로 가입하였다. 남들이 한창 기말고사 공부에 매달릴 때 그녀는 몽골로 6박7일간의 탐조 여행을 다녀왔다. 미조(길 잃은 새)인 흰턱제비와 나그네새인 갈색제비를 관찰했다.

고2 때엔 제비의 귀소율을 다룬 연구물로 전국과학전람회에서 교육부장관상을, 이듬해엔 수리부엉이가 음식물 섭취 후의 소화하는 과정을 엑스레이 필름에 담아 연구한 내용으로 국무총리상을 수상했다.

2010학년도 대학 입시에서 위의 모든 과정을 체계적으로 정리하여 제출한 결과 다미 양은 이화여자대학교 분자생명과학부에 특수 재능 우수자 전형으로 합격했다. 입학사정관 전형은 보통 경쟁률이 30대 1 정도 된다. 다미 양은 이화여대, 성균관대, 인하대 등에 동시에 합격했다. 고등학교 성적은 3등급 이하였으므로 일반 전형에 의한 진학은 애시당초 기대할 수 없었다. 그녀의 대학 입시 포트폴리오는 전형적인 합격 샘플로 인터넷을 떠돌아다니며 입학사정관 전형을 꿈꾸는 후배들을 감동 혹은 좌절케 했다.

대한민국은 특별한 재능 하나만 확실히 갖고 있으면 어느 누구도 '소중한 인재'로 인정받을 수 있다. 그런 다미 양의 예는, 모든 면에서 완벽해야 살아남을 수 있다는 우리나라의 교육 현실을 비꼰 다음의 인터넷 유머가 이제는 나의 나라 이야기처럼 여겨졌다.

　세계 최고의 실력을 지닌 과학자들이 한국 땅에서 태어났다. 20대 후반에 접어든 그들의 삶의 모습이다.

　급진적 성향의 반항아인 갈릴레이는 대학 들어가자마자 잘렸고, 사회에 나와서도 적응하지 못해 노숙자 신세가 되었다. 뉴턴은 주위의 시기와 왕따로 헤매다가 아예 돈 잘 버는 강남의 학원 강사로 변신했다. 아인슈타인은 수학과 물리학밖에 몰라 내신이 딸려 대학 진학에 실패하자 중국집의 짜장면 배달부가 되었다. 에디슨은 수많은 발명품을 내놨으나 정부의 까다로운 각종 규제와 급행료 등에 가로막혀 보따리장수로 전전했다. 대학 수석 졸업자인 퀴리 부인은 얼굴이 받쳐주지 못해 모든 면접에서 떨어졌으나 특유의 성실성을 인정받아 봉제 공장의 미싱사로 취직했다.

　다미 양은 대학에 가서도 생물학도로서 틈만 나면 전국 방방곡곡을 찾아다니며 새들의 관찰 일지와 사진 기록을 남기는 열정을 보였다. 이제는 겉모습과 울음소리만으로도 수백 종의 조류를 구별할 수 있을 정도의 실력자가 되었다. 세계 학생 창의력 올림피아드에 한국 대표로 출전하여 성취상을 수상했다. 2012년 일본에서 열린 '국제 생태 캠프'에 한국 대학생 대표단 자격으로 참가했다. 틈틈이 조류 생태 사진전을 여는가 하면 영화배우 소지섭과 함께 에세이집을 내는 데 동참하기도 했다. 그런 노력의 결과로 2013년 교육부가 주는 '대한민국 인재상'을 수상했다.

　같은 대학의 석사 과정을 거쳐 지금은 박사 과정에 들어가 제비와 수리부엉이에 대한 연구를 진행 중이다. 꾸룩새 연구소를 통해 연구와 전시를 진행하면서 초중고생, 학부모들을 대상으로 강의도 꾸준히 하고 있다.

　각 언론에 남긴 그녀의 어록이 인터넷에 차곡차곡 쌓이고 있다.

"탐조는 기다림이에요. 때론 용기가 필요해요. 수리부엉이를 조사할 때 바위 절벽을 타야 하고 로드킬 당한 소쩍새 사체에서 구더기들이 바글바글 나와도 무서워하면 안 돼요."

"2013년 제비 200마리에 가락지를 달아줬는데 지난해 대부분 제자리로 돌아오더라고요. 제비가 사람들과 친하고 영리하다는 점을 알 수 있지요."

"제비는 사람 사는 곳에서만 번식하더라구요. 폐가에선 번식하지 않아요. 그리고 주인을 알아봐요. 인간과 왜 그렇게 친밀한지 연구 대상이에요. 그리고 최근엔 뱀과 포식자들을 둥지 주변에 놓으면 제비가 어떻게 반응하는지를 살피고 있어요."

1990년대에 언론 매체들을 통해 대중을 사로잡던 새 박사가 있었다. "경희대 윤무부 박사!" 하면 "국민 새 박사" 혹은 "국가대표 새 박사"로 통했다. 뉴스에 새 소식이 나오면 해설자로 으레 그가 따라 나왔다. 때로는 예능 프로그램에도 출연하여 시청자들의 배꼽을 잡곤 했다. 독수리와 두루미의 수명이 사전에는 80년으로 나와 있었지만 그는 84년이라고 단정 지었고, 이럴 때 대다수의 국민은 그의 말이 옳다고 믿었다.

나는 다미 양의 외삼촌을 통해 남한산성에서 윤무부 새 박사를 두어 번 만난 적이 있었다. 말 몇 마디를 섞다 보면 그의 따뜻한 인간성과 풍부한 지식, 그리고 진심어린 환경 사랑에 흠뻑 빠져들게 된다.

"새의 시력은 인간 시력의 300배쯤 됩니다. 귀의 청력은 200배, 후각은 80배 되고요. 이렇게 똑똑한 새를 두고 멍청한 사람을 새 대가리로 비유되는 이유는 새는 자기가 필요한 것만 암기하기 때문이죠."

"세상에 존재하는 새는 8,626종입니다. 우리나라에는 360종이 있죠. 그 중 꿩, 박새, 멧비둘기 등 58종이 텃새입니다. 필리핀과 일본엔 800종이 있죠."

"환경이 파괴되면서 지구상의 새들이 1년에 40여 종씩 멸종되고 있죠.

크낙새 역시 제가 1974년에 광릉수목원에서 찍었던 사진이 마지막 모습이에요. 동요 속의 따오기를 본 적 있나요? 꾀꼬리, 뻐꾸기, 개개비 등도 개체수가 현저히 줄었어요. 참새와 제비는 제초제의 독성 때문에 우리 곁에 오려 하질 않아요. 새를 좋아하는 나라는 선진국입니다. 일본인은 집 뜰에 유실수를 심어 새에게 먹이를 주지만 우리나라 사람들은 새만 보면 잡아먹으려 합니다. 어릴 때부터 환경 교육을 시켜야 합니다. 새가 사라지면 인간도 죽습니다."

그리고 그는 자기가 죽으면 후투티가 되겠다고 했다.

윤무부 새 박사가 대중적 스타로 등극한 게 50대 중반이었다. 다미 양은 이미 그의 뒤를 좇고 있는 중이다. 어릴 적에 KBS 환경스페셜 프로에 나와 해설할 정도였으니 지금쯤 그녀의 입지는 단단히 다져진 것 같다. 매스컴에 노출되는 빈도도 갈수록 높아지고 있다. 인터넷 검색창에다 그녀의 이름 석 자를 치면 새 관련 기사가 모니터 화면 가득히 도배되어 나타난다.

지금, 다미 양의 성장 속도가 지나치게 빠른 것 같다. 가파른 내리막길에서 브레이크 없는 자전거 페달을 밟고 있는 것 같다. 그것을 다미 모라도 조정해 주었으면 좋겠지만, 지금 한창 잘 나가고 있는데 그래선 안 된다고 굳이 말리고 싶지 않다. 나는 조용히 그녀를 지켜보며 응원의 메시지를 보낼 따름이다. 정말이지, 다미 양이 글로벌한 새 전문가가 되어 인류 문화 발전에 이바지함은 물론 높아진 한국 과학 수준의 위상을 세계 만방에 널리 알렸으면 좋겠다.

【동인문단】 동화

이향숙

**이향숙**

약력

스피치 & 커뮤니케이션 강사
경기도학생상담자원봉사
U&I학습·진로상담 전문가
글길문학동인회 동인
제35회안양시여성백일장 시부문 우수

# 얼음 땡 놀이

　꾸벅꾸벅 늦봄 어느 아침, 보랏빛 내음이 물씬 나는 바다는 깜짝 놀랐어요. 어디서 보았을까, 자신과 너무나 닮은 빛깔에 어질어질 현기증이 올라오고 가슴은 콩콩 뛰었어요. 바로 하늘을 본 첫 순간이었지요.

　그러던 어느 날 하늘과 맞닿고 싶다는 생각이 불쑥 올라왔어요. 슬쩍 말 걸어 볼까 하는데 하늘이 먼저 윙크를 하며 누가 볼세라 살며시 느낌이라는 걸 보내왔어요.

　그날부터 바다는 닿음을 위한 몸부림을 시작했어요. 가다가 걷다가 달리다가 날개를 펼치고 날아보려고까지 했어요. 수만 날이 흐르도록 기를 쓰며 애써도 하늘과 맞닿기는 도무지 기미가 보이지 않았어요. 바다는 지쳐서 하늘을 원망하기 시작했어요.

혼자만 뻘뻘 피땀을 흘리는 것 같고 하늘은 그 자리에 꼼짝 않는 것 같아 보였기에 투덜대다가 큰 결심을 했어요. 바로

"그래, 지금부터 얼음 땡 놀이를 해 보자"

　어느 밤 멀리 북쪽에서 초대하지 않은 나쁜 친구들이 쳐들어왔어요. 천둥과 폭풍우였어요.

　거센 해일과 번개까지 번쩍번쩍 따라왔어요. 바다는 온통 퍼렇다 못해 새까맣도록 멍이 들고 말았어요. 몸살을 하느라 아무것도 먹을 수도 웃을 수도 말을 할 수도 없었어요. 눈조차 뜰 수가 없었죠. 그렇게 사나흘을 혼절한 채 시간을 보내고 나니 눈꺼풀이 올라가는 새벽이 왔어요. 하늘이 바다에게 아주 가까이 다가와 품고 있던 아주 커다란 홍매색 태양을 내보이는 게 아니겠어요? 어찌나 크던지 눈앞은 온통 불바다가 되어 버렸어요. 금세라도 바다를 삼킬 듯 이글거리는 태양은 서서히 잔잔하

고 온화한 미소를 지어 보였어요. 전에 못 보던 얼굴이었지요. 그제야 바다는 하늘도 바다를 향해 달리고 뛰고 날개를 펼치고 날아서 왔다는 것을 알았어요. 바다와 하늘은 부둥켜 얼싸안고 눈물을 뚝뚝 흘렸어요. 그날 오후, 하늘은 바다에게 많은 이야기를 해 주었어요. 그래서 알게 되었어요.

바다가 하늘을 사모한 것보다 더욱더 하늘이 바다를 원하고 사랑했다는 것을요. 둘은 서로 아끼며 지구와 함께 약 5천 7백 년 하고도 9861 날을 도란도란 다정하게 살았답니다.

【동인문단】

# 시평

이원규

# 이원규

약력

시인
오산문인협회 회장역임
경기도문인협회 사무국장 역임
글길문학 회장역임
글길문학 동인, 젊은시 동인
일간 경기 기자

# 삶과 소통하며 길을 만나다

_ 신준희 시인의 시 세계

    시조는 우리 민족의 고유한 심성을 '3장 6구 12음보'의 음보율에 담은 정형시다. 기존의 '45자 내외의 음수율'이라는 정의가 합리적이지 못해 음보율로 정의한 것이다. 자수나 일정한 틀에 얽매이지 않았다면 자유시가 된다. 시조의 매력은 여백의 미학을 말하기도 하지만 역시 절제와 응축에 그 묘미가 있다.

    헤밍웨이가 한쪽 다리를 들고 서서 글을 쓰는 것을 친구가 목격하고 그 이유를 물었다. 그러자 헤밍웨이 왈,

    "앉아서 쓰면 아주 편안하네. 그러나 써 놓은 글을 보면 문장은 길고 지저분하네. 한쪽 다리로 서서 글을 쓰면 힘드니까 간결하게 쓰게 되네."

    헤밍웨이의 문장이 군더더기 없이 간결하고 아름다운 이유를 알 수 있는 대화이다.

    시를 이해하기 위해 설명과 분석이 필요하겠지만, 그것 또한, 무의미하다. 시인의 내면에 들어가 보지 못했으면서 시적 이미지의 선입견으로 왈가왈부하다가는 오진의 확률이 높을 수밖에 없다.

산산이 깨진 술병
퉁퉁 불은 빈 담뱃갑
부러진 불꽃막대 그 누가 사랑했나
모래 위 그려 둔 하트
바람에 뒹굽니다

물거품이 쓸어가서
도로 뱉고 달아나는
지우고 덧칠하고 내려놓은 저 울음을
구멍 난 까만 비닐봉지
곰피처럼 떠는데

갈매기 허기진 눈
핏빛 노을 넘는 저녁
섬 하나 번쩍 들고도 못 버린 티끌 있었나
붉은 해 지었다 허무는
파도소리 높습니다.

「사근진 바다모텔」 전문

　시의 소재는 자아의 대리인이다. 「사근진 바다모텔」에서 소재로 차용된
'깨진 술병', '빈 담뱃갑', '부러진 불꽃막대'들은 삶의 모습들이다. 누군가
를, 무엇인가를 대신해서 울어줄 수 있는 마음은 시인만이 지닌 타고난
품성이다. 각박을 선택한 현대인들에게 시가 주어야 할 것은 또 다른 각
박이 아니다. 정신을 놓아버린 채 더 세고 더 현란하고 더 파편화된 감각
과 감정을 전달하려 애써도 시가 되지 않는다. "바람에 뒹굴고, 곰피처럼
떠는" '티끌'이라서 "붉은 해 지었다 허무는 파도소리 높은" 소리 없는 함
성이다.

추락한 바닥에서 뼈대만 겨우 남아
마침내 경매로 넘어간 2003호 빈 둥지
가슴 속 시린 별자리
무릎 꺾는 벽이 있다

이름 모를 풀꽃 앞에 가만히 앉고 싶은 봄
고래실업 익스프레스 사다리차 올라간다
불황을 거슬러 오른
저 아뜩한 경사각

한 치 앞 안 보여도 맨몸으로 밤을 건너
저 혼자 고치를 벗고 날아든 햇살처럼
말없이 사표 낸 딸이
담을 돌아오는데

바람에 넘어질 때마다 눈물은 더 단단해져
잘라도 다시 움트는 욕망을 복제하며
외줄기 서늘한 목숨
초록 물결 뒤덮는다.

「담쟁이 DNA」 전문

　세상이 참으로 묘하게 돌아간다. 누군가가 곁에서 쓰러져도 관심도 없
다. 그저 무표정하게 지켜볼 뿐이다. 여기에서 '지켜본다'는 것은 '지켜준
다'는 것이 아니다. 관심조차 두지 않는다는 뜻으로 해석해도 무방하다.
이처럼 눈물까지 메마른 세상이다. 여전히 눈물샘은 자극받지만 웬만한
감동에는 꿈쩍도 하지 않는다. 어쩌다 보여야 할 가공의 눈물이라도 펑펑
쏟아야 한다. 설령 흘리는 한줄기 눈물이 과거 자신의 자격지심에서 나올
지라도 한 번쯤 함께 울어주어야 한다. 살벌했던 기억들이 지워질 리 없

겠지만 슬픔이 슬픔을 넘어서 세상의 근심과 걱정까지도 모두 쓸려가도록 펑펑 눈물을 흘리는 시인이 되어야 한다.

집 한 채 마련하기 어려운 세상이지만, 그래도 시인은 '시집' 몇 채씩 갖고 있지 아니 한가? 집은 더불어 사는 세상살이의 최소 공간일 뿐이다. 크다고 작다고 좋을 것도 나쁠 것도 없다. 제대로 된 집이라야 한다는 말이다. 집이 흔들리면(물론 시집도 그러하지만) 사회와 국가와 인류까지도 불안하게 만든다.

우리는 너무 오랫동안 안일한 수평에 길들어 왔다. 이젠 고통스럽더라도 수직으로 설 때이다. 쫓겨나는 경사각이 아닌 '불황을 거슬러 오른' 희망찬 미래를 향한 그런 튼실한 수직으로 서야 한다. 그런데 이 시에서는 이미 집이 '넘어'간 상황이다. 담쟁이처럼 세상의 높은 벽에 매달려 아등바등 살던 딸도 '사표'를 내고 돌아온다. 늘 현실은 우리에게 노예의 삶을 요구한다. 메마른 세상에서 눈물은 '초록 물결 뒤덮'지만 그것으로는 감성의 씨앗이 움트지 않는다. 잘린 줄기에서 새 마디가 움트듯 끝은 또 다른 많고 많은 시작을 예고하는데, 절망한다. 그게 문제다.

요즘 시에 질린 사람들이 많다. 독자들뿐 아니라 전문 그룹인 일명 등단 시인들조차 시가 질린다고 한다. 이미지를 뒤틀어서 기괴한 연상을 꾀하거나, 난삽한 서사를 끌어들여 공상에 가까운 엽기적으로 바꾸어 놓았으니 쉽게 이해되면 그게 이상한 일이다. 물론, 이와 같은 시적 경향을 탓할 수만은 없다. 시 창작은 언제나 기존 질서를 전복함으로써 새롭게 태어나고 그 가치를 평가받아야 한 편의 작품이기 때문이다.

누군들 그걸 모르나, 안 되니까 못 쓰는 거지. 맞다. 잘 안 되었으니 잘 안 읽힐 뿐이다. 현실 세계를 부정하고 억지로 꾸민 시는 감동이 오지 않는다. 하지만 신준희의 시는 거창한 담론이나 관념을 좇아가지 않는다. 시의 기반이 '생활' 속에 있다. 자신의 삶에 깃들어 있는 아픔을 많은 사람과 공유하면서 치유 과정에 동참한다.

　최근 문학판에 정신 놓아버린 시인들이 부쩍 많아졌다는 소리가 있어 흰소리가 절로 나온다. 평생을 비굴하게 살겠다고 선언한 이른바 등단시인들이 많아지면서 사달이 났다. 초반에는 공력을 다하더니 갑자기(등단 이후) 별것도 아닌 말장난으로 시입네! 행세하는 자들이 많아지기 때문이다. 혼잣말로 치부될지라도 '제발 시인처럼 시인답게 시를 쓰라'는 말을 이렇게밖에 표현하지 못하는 필력이 원망스럽다.

햇귀의 푸른 피톨 깊은 정적 깨트린다
파릇한 어린잎이 날숨을 가다듬는
비비추, 네 몸을 열면
소용돌이치는 물살

맑은 피가 꿈이 되는 비바람에 흔들리다
불현듯 손등에 젖어 웅크린 눈물방울
차갑게 그린 괄호엔
오돌진 꽃대궁 하나

의자에서 밀려나와 아직껏 집을 못 찾고
인적 뜸한 밤거리, 길모퉁이 주저앉아
무두정無頭釘 별빛을 안고
입을 다문 친구여
언제쯤 끝이 보일까 수백 통 써낸 이력서
아물기를 마다하며 부르튼 맨발의 길
비비추, 하늘 모서리

주줄이 꽃등 환히 단다.

「비비추 이력서」 전문

　사람이 사람과 더불어 사는 게 쉽지 않다. 소통 부재의 현실이 설치해 놓은 덫이 곳곳에 널려 있다. 언제부턴가 위기감도 사라졌다. 나이 탓인가, 현실에 순응하면서 체념과 포기와 긍정의 욕망이 두드러진다. 위기에 살고 있는데, 정작 위기를 위기로 인식하지 못한다. 아니 좀 더 정직하게 말하면 위기를 피하려는, 마음 한구석에 똬리를 튼 망상妄想이다. 일체의 다른 생각들은 밀쳐내야 한다. 희망만을 '주줄이 꽃등'처럼 사방에 달아야 한다. 환해져야 하는데, 환한 등처럼 인생도 불이 켜지듯 꽃처럼 펴야 하는데 삶은 왜 이리 고달프기만 한 것인가.

툭,
탁,
목 잘린 잎

갈대
저리
속삭속삭

떼 지어 몰려가는
넥타이 점심 부대
하,
詩 팔
마누라가 올 때
두부 한 모 사오래잖아.

「소리로 오는 가을」 전문

'두부 한 모 사오라'던 그 말이 강한 연민으로 다가온다. 언어유희로 딴 전을 부린 재치가 돋보인다. 세상천지의 사람살이가 다 이럴 것이다. 심안心眼의 눈뜸이다. 이렇게라도 세상을 살면서 마음에 쌓인 묵은 찌꺼기를 왈칵 토해내야 한다. 표현 방식이 너무 획기적이라서 낯설다. 하지만 말투는 억세도 사뭇 다정하고 나긋나긋하다. 찬찬하게 감정을 다독거리는 품새가 대견하다. 마치 서로가 서로에게 물들 듯이 그렇게, '시(詩) 팔'이라고 외친 용기가 가상하다. 사실 우리 시인은 모두 '시 팔' 놈〔者〕들 아니던가. 희망도 없을 세상과 대결하기보다는 이처럼 후련하게 욕 찌꺼기를 내뱉는 것은 아무나 하지 못하는 시인만의 특권이다.

삶과 소통하는 일은 문학창작을 하는 시인에게 주어진 평생학습 과제이다. 어떤 방식으로 시로 재현하느냐에 따라서 그 소통 양상도 달라진다.

신준희 시인은 '시조시인'이다. 지난번엔 시조 전문지 『열린시학』에서 작품상도 받았다. 시조는 앞에서도 말했지만, 정형의 틀을 통해서 사유를 재현하는 장르이다. 아시다시피 시조는 시대를 읽어내는 시절가時節歌에서 출발했다. 현대시조라고 썼는데 현실미학이 살아있지 않는다면 일반적 자유시로 봐야 한다. 시조를 굳이 그렇게 쓸 이유가 없기 때문이다.

1.
감은 눈 흔들고 가는 홑겹의 바람 소리
얼음 녹아 흘러들어 물빛 더 흰 윤삼월에
어딜까,
물길 닿는 곳
등이 시린 섬 하나

2.

발 저린 긴긴 밤을 손톱으로 긁어내고
환한 볕 두어 모금 마른 입술 축인 뒷날
동여맨 마법이 풀린 듯
푸른 눈,
반짝 뜨는


3.
되감긴 필름인 듯 마중 나온 저 정거장
몇 번 거푸 갈아타야 내 별에 내리려나
궤도 속,
스크린도어
물의 은유 열린다.

「한티역 7번 출구의 봄」 전문

　마치 두 개의 다른 세계를 사는 것처럼 달라져 버린 세상에서 길을 잃어
버렸다. 반복되는 절망감은 환승역에서 '물의 은유'로 열리는 '궤도 속 스
크린 도어'로 환치된다.

　앨빈 커넌은『문학의 죽음』에서 "문학이 스스로 중요성을 주장하고 인정
받기 위해서는 새 시대에 걸맞은 새로운 모습으로 다시 태어나야만 한다"
고 했다. 시는 현실 속에 있다. 그 현실은 그 세계를 사는 사람들의 터전
이다. 시가 놓여 있는 현실은 그 시대를 사는 사람들의 정신세계도 함께
맞물려 돌아간다. 그래서 눈에 보이는 현실을 제대로 묘사하지 못한 시는
시도 아니다.

　귀 떨어진 잔별 나려
마름풀로 뜨는 우포

밑바닥 맨얼굴을 숨 가쁘게 감추지만
옆으로 게걸음 치다 서성이는 물안개

오목하니 쟁인 시간
수궁의 문 들어가면
눈 덮인 제방길이 긴 탯줄로 숨을 쉰다
쇠물닭 힘찬 물질소리에 깡마른 목선은 뜨고

아스라한 저 끝까지
도착할 수 있을까
갑옷 속 날 선 가시 자신을 겨냥하여
제 살갗 물어뜯고서야 점화되는 꽃뇌관

「가시연꽃」 전문

　이 작품에서는 삶의 고통스러운 모습을 꽃이 피는 과정으로 포착하고
있다. 살을 비비며 살면서 겪는 애환과 고통, 우리네 삶도 역시 꽃을 피
우고 싶은 욕망이 있는 것이다. 지금은 지리산으로 삶의 터전을 옮긴 '내
인생 활짝 피자'는 후배의 피자가게 구호처럼 누구나 인생을 꽃처럼 활짝
피우고 싶은 것이다.

　현실을 이겨낸 상황에서 벗어나 안정에 이르렀을 때 비로소 꽃이 핀다.
삶과 존재라는 관점으로 보면 시간의 흐름에 놓이지 않는 삶은 없다. 따
라서 시간의 흐름에 따르지 않는 삶은 없다. 꽃이 피는 것도 우연이 아니
다. '제 살갗을 물어뜯고서야 점화되는 꽃뇌관'처럼 고통으로 담금질 되
었다가 터지는 게 바로 '꽃 핌'이다. 그런 고통을 거쳐야 비로소 아름다운
꽃으로 환생하듯 시 창작 또한 다를 바 없다.

　이 작품은 시가 궁극적으로 어디로 귀결되는지를 잘 보여준다. 시인의

깨달음은 '아스라한 저 끝까지' 가기 위해서 자신의 삶에 대한 성찰과 의지를 '가시연꽃'에 담았다. 아침이면 모든 사물은 비로소 눈을 뜬다. 침묵은 때로 소리보다 무겁다. 착 가라앉은 침묵은 '쇠물닭 힘찬 물질 소리'로 천지를 제압한다. 대개 기겁하게 놀라는 것은 침묵 속에서 무언가 갑자기 튀어나올 때이다. '깡마른 목선'이 뜨는 정경이 바로 그것이다.

이 시의 소재가 된 '가시연꽃'은 깊은 고요 속에 자리 잡은 삶의 잠행이다. 그 삶이 강력한 생명력과 꿈에 의해 움직이는 세계로 뿌리내리고 있음은 시인이 지향하는 꽃핌과 잘 연계된 수작이다.

허옇게 질린 낯빛 찢어질 듯 얄팍한 달

사늘한 하늘 밑에 간신히 붙어 있는 불안한 기억,
구름장 덩어리 속으로 황급히 몸을 감추자
구렁이 허물처럼 후줄근한 골목에서
노숙 중인 바람이 한숨같이 나오는
밤, 하늘에도 남모르게 지울 일이 있었는지
눈감고 사정없이 지운다
마구 뭉개지는 낡은 칠판…
분필가루같이 보오얗게 눈발이 날아왔다
누군가 불규칙하게 방전하는 추억인 양

「보충수업」 전문

'영악한 시는 길을 정해놓고 가고, 좋은 시는 길을 만들면서 간다'고 했다. 「보충수업」은 다른 몇 편의 시들과 함께 흐름에서 변화가 생기며 전환 지점을 넘어섰다. 시간 속에 세 들어 사는 인간의 존재, 약자들을 향한 시인의 연민이며 사랑의 시적 태도는 뭇사람들의 고통스러운 삶과 현실을 달래주고 치유해주기에 충분하다. 모쪼록 구체적 현실의 세계를 보다 융숭 깊은 사유로 관통하는 시편들이 줄줄이 탄생하기를 간절히 기대한다.

인간이 죄를 지음으로써 부과되었다는 노동의 형벌을 이 시에서는 '노숙 중인 바람'으로 표현했다. 억압하기와 억압당하기라는 욕망의 뒤틀린 시 창작의 싸움터에서 '풍찬노숙風餐露宿'도 능히 이겨낼 신준희 시인의 저력을 믿는다. 영원무궁 건필하시라.

【특별기고】

# 독도를 마주하고

황미옥 (오산독도사랑운동본부 사무국장)

# 황미옥

약력

한국방송통신대학교 국문학과 졸
독서지도사
북아트강사
오산독도사랑운동본부 사무국장
그림책으로 보는 생명존중 강사

"우산(독도)과 무릉(울릉도) 두 섬이 현의 정동正東 해중海中에 있다. 두 섬이 서로 거리가 멀지 아니하여 날씨가 맑으면 가히 바라볼 수 있다."
－세종실록지리지(1454년)－

과연 울릉도에서 독도를 육안으로 확인할 수 있을까?

우리 여행의 최종 목표는 독도 입도에 있었고, 독도 박물관도 견학하여 독도를 더 가까이 느끼는 데 있었다. 여행을 준비하는 손길이 기대와 우려로 무척 떨렸다. 여러 차례 방문을 했어도 기상악화로 독도 입도에 번번이 실패했다는 사람들의 말과 지인들이 독도에 못 갈수도 있으니 큰 기대를 하지 말라는 당부가 있어서 지레 겁을 먹고 있었기 때문이다.

오산독도사랑운동본부에서는 지난 2016년 8월 19일~8월 21일 2박 3일간 '울릉도, 독도탐사여행'을 기획하였고, 여름방학기간을 통해 가족 동반 여행을 다녀왔다.

새벽 4시에 오산에서 출발하여 관광버스를 타고 강릉항에 도착. 다시 강릉에서 울릉도로 향하는 배편을 이용하였다. 멀미약도 소용없게 만든다는 울릉도의 뱃멀미도 경험자들에게 익히 들었던 터라 미리 멀미약을 먹고 완전무장을 했다. 그런데 멀미약을 먹은 것이 필요 없다는 듯 바다는 고요했고, 우리를 태운 씨스타호는 미끄럼을 타듯 유유히 울릉도로 향했다. 이번 여행의 청신호인 것 같아 기분이 한결 편해졌다.

울릉도에 도착하자마자 부지깽이 나물 등 울릉도의 산과 바다에서 나는 현지식으로 식사를 마치고 울릉도 투어를 시작했다. 버스 기사님의 배꼽 잡는 안내 멘트를 따라 구불구불, 오르락내리락 길 위에서 관광버스가 춤을 추니 우리 몸도 덩달아 들썩였다.

울렁이는 울릉도는 길 하나를 휘돌면 원시적 자연미를 가진 바위가 모습을 드러내고, 고개 하나를 넘으면 은빛 바다와 함께 어우러진 천혜의 비경이 눈앞에 펼쳐져 내내 감탄을 자아냈다. 골짜기와 길이 좁아 통 모양 같다고 하여 붙여진 통구미 마을, 바다에서 마을을 향해 기어들어가는 것 같은 모습을 가진 거북바위, 커다랗고 멋진 콧부리를 자랑하는 얼굴바위, 코끼리가 물속에 긴 코를 담그고 있는 듯한 코끼리 바위 등 자연이 빚어낸 바위들이 이색적이었다. 다음으로 방문한 곳은 울릉도 하면 생각나는 호박엿 공장. 호박엿을 비롯해 호박을 이용한 호박젤리, 호박청 등 맛있는 체험도 하고 구입도 했다. 부지깽이 나물에 십겁데기 술을 마셨던 울릉도에서 유일한 평지이자 화산의 분화구였던 나리분지를 마지막으로 첫날 일정은 마쳤다.

아름다운 섬 울릉도의 자연미에 취해 감탄사를 연발하면서도 나의 관심은 온통 이틀째에 예정되어 있던 독도입도에 쏠려 있었다.

둘째 날은 독도 입도를 하는 날이다.
아침 일찍 기상하여 바다와 맞닿아 있는 해안산책로를 걸으며 울릉도의 생기를 온 몸으로 느꼈다. 아침밥을 먹고 봉래폭포에 올라 한 번도 마른 적이 없다는 용출수의 위엄을 보고 바로 내수전일출전망대로 향했다. 그리고 드디어 역사서에 기록되어 있는 그대로 우리는 내수전일출전망대에서 육안으로 독도를 확인할 수 있었다. 이 날은 하늘이 허락해야만 만날 수 있다는 손에 꼽는 날 중에 하나라고 버스기사님께서 말씀해 주셨다. 수평선이 깨끗하고 구름도 비껴가주니 독도가 모습을 드러내고 우리를 반겨주어 일행들 모두 흥분을 가라앉힐 수 없었다.

다시 숙소로 돌아와 점심을 먹고 독도입도를 위해 도동항으로 향했다.
배에서 나오는 안내방송에서 시시각각 변하는 파도 때문에 입도가 불가할 수도 있다는 말에 배에 탄 사람들 모두 초조한 빛이 역력했다. 독도에 가까워질수록 파도가 높아지는 것 같긴 했지만 다행히 모두의 바람대로 독도 입도가 가능할 거라는 방송이 나왔다. 독도에 입도해서 우리는 규탄성명서 낭독과 함께 전원 궐기를 하기로 계획되어 있었다. 30~40분 정도만 허락된 시간에 궐기도 하고 독도를 돌아보기에는 무척 짧기 때문에 일행모두 일사분란하고 신속하게 움직여야 했다.

희미하게 독도가 모습을 드러내고 독도경비대원들이 경례를 부치고 서 있는 모습에 떨려오기 시작했다. 배가 선착장에 닿고 누가 먼저랄 것도 없이 우르르 독도를 향해 뛰어들었다. 김용원 회장님께서 독도를 배경으로 일본의 독도침탈에 대한 규탄성명서를 낭독하였다. 그리고 회장님의 선창으로 독도침탈에 대응하는 궐기를 하였다. 우리 일행을 제외한 여행객들도 함께 동참하는 모습에 가슴이 뜨거워졌다. 그리고 나서야 독도를 찬찬히 올려다보았다. 수없이 사진으로만 보아왔던 동도에서 바라다 보이는 서도의 주민숙소와 부채바위, 숫돌바위, 촛대바위, 탕건봉, 삼형제굴 등을 눈으로 도장 찍듯 빠르게 확인하고 카메라에 담았다. 언제 또 우리에게 독도가 기회를 줄 지 모르기 때문이다.

독도는 두 개의 큰 섬과 89개의 부속도서가 있는 아기자기한 섬이다.
동도와 서도가 마치 너른 엄마처럼 그리고 굳센 아빠처럼 지켜주고 주변에 작은 바위들이 자식들 마냥 어우러져 있다. 그 바위들은 할 말이 많은 듯 저마다의 예쁜 이름과 이야기들을 품고 있다. 이렇게도 아름다운 우리 섬 독도를 두고 마음대로 와 볼 수도 없는 일본이 감히 자기네 땅이라고 우기며 국제적인 환심을 이용해 일본 땅이라는 인식을 심어주고 있으니 통탄할 노릇이다. 우리의 가장 큰 강점은 오랜 시간 독도를 실효지배하고 있음이다. 그리고 많은 국민들이 독도를 여행할 수 있음을 보여주어야 한다. 날씨와 여건이 허락하는 한 더 많은 사람들이 독도를 찾아야 할 것이다.

짧은 시간 면회 온 군인을 둔 부모의 마음이 이럴까? 우리를 뜨겁게 하고 하나로 뭉치게 하고 그립게 했던 독도와의 만남은 너무나 짧기만 했다. 여객선에서 우르르 쏟아져 나와 한꺼번에 독도를 만나고 다시 모두 승선하라는 독도경비대원의 말이 허전하여 발길이 쉽게 떨어지지 않았다.

이번 여행에서 독도는 내 나라 내 땅이 분명하다는 생각을 더욱 확고히 했으며, 독도가 왜 우리 땅인지를 더 힘주어 알려야겠다는 다짐을 견고히 하는 계기가 되었다.

그러나 오래 머무를 수도 없고 맑고 투명한 물에 손 한번 담궈 보지 못하고 금방 되돌아와야 하는 현실이 독도를 더욱 외롭게 하는 것 같은 생각도 가졌다. 독도경비대원들의 엄숙한 경계를 받으며 선착장 돌아 나와 보이는 한반도지형을 보면서 뜨거웠던 가슴이 터져 눈에 눈물이 고였다.

## 역대 임원 명단

### 회장/부회장/편집장/총무/감사(順)

| | |
|---|---|
| 초대(1981) | 한석홍/김세진/이필분/이경희/이재선 |
| 2대(1982) | 오명세/이동복/이필분/유영록/이선 |
| 3대(1983) | 이한순/이동복/민옥순/송인숙/우태수 |
| 4대(1984) | 이동복/박재성/민옥순/이명자/김은자 |
| | 박영환/박재성/이명자/원정섭/이필분 |
| 5대(1985) | 박영환/이원규/유영록/노복임 |
| 6대(1986) | 임승수/최재석/권인민/유명숙 |
| 7대(1987) | 한석홍/정순목/이영미/장재훈/홍미자 |
| 8대(1988) | 장영호/최재석/홍미자//박영환/이해화 |
| 9대(1989) | 장영호/양한민/유명숙/이용호/백남미 |
| 10대(1990) | 장영호/현종헌/박삼례/이형철/백남미 |
| 11대(1991) | 이형철/권장수/한남순/최재석/장영호 |
| 12대(1992) | 이형철/권장수/한남순/권장수 |
| 13대(1993) | 이형철/권장수/한남순/이용호 |
| 14대(1994) | 이형철/육성진.김해숙/이국주/서경숙 |
| 15대(1995) | 최재석/한상준.김해숙/한상준/박현숙 |
| 16대(1996) | 최재석/한상준.김해숙/최낙완/이상근 |
| 17대(1997) | 한상준/김해숙.이상근/석철환/정용화 |
| 18대(1998) | 한상준/김해숙/이상근/석철환/정용화 |
| 19대(1999) | 석철환　　　　　　　한상준/김우경 |
| 20대(2000) | 석철환　　　　　　　한상준/김우경 |
| 21대(2001) | 석철환　　　　　　　한상준/김우경 |
| 22대(2002) | 김기동/오영애.장호수/김용원/윤경희 |
| 23대(2003) | 김기동/오영애.장호수/김용원/윤경희 |
| 24대(2004) | 이원규/오영애.장호수/김용원 |
| 25대(2005) | 이원규/오영애.장호수/김용원 |
| 26대(2007) | 권장수/김용원　　　/김기동/유승희 |

| | |
|---|---|
| 27대(2008) | 장호수/김용원, 유승희/최정희/김은숙 |
| 28대(2009) | 장호수/김용원, 유승희/김용원/김은숙 |
| 29대(2010) | 김용원/박공수, 최정희/최정희/유승희 |
| 30대(2011) | 김용원/박공수, 최정희/이무천/유승희 |
| 31대(2012) | 김용원/박공수, 최정희/최정희/김은숙 |
| 32대(2013) | 김용원/박공수, 최정희/김은숙/ |
| 33대(2014) | 김용원/박공수, 신준희/김은숙/민경희 |
| 34대(2015) | 김용원/박공수, 신준희/김은숙/민경희 |
| 35대(2016) | 김용원/박공수, 신준희/김은숙/백옥희 |

# 글길문학동인연락처

| 구분 | 성명 | 핸드폰 | 분야 | E-mail |
|---|---|---|---|---|
| 지도 | 김대규 | 010-5344-2901 | 시 | |
| 자문위원 | 권장수 | 010-8485-3725 | 시 | tksqhstlfla@hanmail.net |
| 자문위원 | 최재석 | 010-7345-5006 | 시 | kshc5006@hanmail.net |
| 직전회장 | 장호수 | 010-4633-0581 | 시 | jhs50009@hanmail.net |
| 회장 | 김용원 | 010-3362-4991 | 시 | ywon0724@hanmail.net |
| 부회장 | 박공수 | 010-3783-3979 | 시 | wheemory@hanmail.net |
| 편집장 | 김은숙 | 010-6396-5405 | 시 | pkes0405@hanmail.net |
| 부회장 | 최정희 | 010-2773-6424 | 시 | |
| 부회장 | 신준희 | 010-2215-3141 | 시 | lamb313@hanmail.net |
| 총무 | 백옥희 | 010-8937-9093 | 시 | |
| 편집위원 | 최영미 | 010-4393-7377 | 시 | chdnjf12@hanmail.net |
| 동인 | 강희동 | 010-6246-1370 | 시 | halelruya3@hanmail.net |
| 동인 | 권영란 | 010-6600-2299 | 시 | rajaz98@hanmail.net |
| 동인 | 김근숙 | 010-7315-8767 | 시 | |
| 동인 | 김춘정 | 010-3231-3485 | 시 | |
| 동인 | 민경희 | 010-3383-0191 | 시 | |
| 동인 | 박재성 | 010-6247-7093 | 시 | park01501@hanmail.net |
| 동인 | 석철환 | 010-3064-0764 | 소설 | seok0598@hanmail.net |
| 동인 | 신종훈 | 010-7437-7865 | 시 | |
| 동인 | 소명식 | 010-9145-3672 | 시 | sosang77@hanmail.net |
| 동인 | 손흥기 | 010-5364-8118 | 평론 | hk9627@hanmail.net |
| 동인 | 유승희 | 010-7747-0056 | 시 | |
| 동인 | 이미선 | 010-5744-5160 | 시 | |
| 동인 | 이무천 | 010-3342-8274 | 시 | mc8274@hanmail.net |
| 동인 | 이성호 | 011-9706-7665 | 수필 | chungrimco@hanmail.net |
| 동인 | 이승호 | 010-4205-8000 | 시 | soungho-1961@hanmail.net |
| 동인 | 이원규 | 010-4240-0592 | 시 | one-q-lee@hanmail.net |

| 구분 | 성명 | 핸드폰 | 분야 | E-mail |
|------|------|--------|------|--------|
| 동인 | 이연숙 | 010-2221-6763 | 시 | dus6763@hanmail.net |
| 동인 | 이현진 | 010-4763-8783 | 시 | |
| 동인 | 이향숙 | 010-3900-8816 | 시 | |
| 동인 | 최승민 | 011-891-5665 | 시 | cisily@naver.com |
| 동인 | 최태순 | 010-6430-8965 | 시 | tschoi7433@hanmail.net |
| 동인 | 한상준 | 011-9141-0505 | 평론 | tanm0505@hanmail.net |
| 동인 | 현종헌 | 010-5738-5929 | 수필 | jejuisland@hanmail.net |
| 동인 | 홍은희 | 010-6595-8770 | 시 | |

# 편집후기

    글길문학 동인지가 벌써 제43집이 발간되었습니다. 올해가 글길문학 창립 35주년 되는 해였습니다. 그 긴 시간동안 글길을 지켜온 모든 분들께 감사드리며, 올 1년간 갈고 닦은 여러분의 원고를 이렇게 엮었습니다.

    그동안 곁에서 지도해 주시고 조언 주신 김대규 선생님, 그리고 자주 모이지 못해 서먹해진 여러분께 원고를 부탁드리면서 좀더 열정적이지 못한 것이 아쉬웠는데, 선뜻 마음모아 원고를 내주시고 함께 해주신 동인 여러분 감사합니다. 글길문학에 관심 가지고 선뜻 축하글 보내주신 안양문협 박인옥 회장님 그리고 글 보내주신 여러 문학단체 회장님들께도 감사 말씀 드립니다. 마지막으로 책을 출판해 주신 도서출판 시인의 장호수 사장님께도 진심어린 감사의 인사를 드립니다.
    글길문학동인회가 더욱 알차게 성장하기를 바라면서 동인 여러분의 기대에 부응하려 노력했습니다. 다행히 이렇게 책을 엮을 수 있었던 것도 동인여러분의 마음이 하나하나 모여서 가능했습니다.
    여러분 감사합니다.

_편집장: 김은숙
_편집위원: 박공수, 신준희

## 글길문학 제43집

초판 인쇄  2016년  12월 10일
초판 발행  2016년  12월 20일

발행인    김 용 원
편집장    김 은 숙
발행처    글길문학동인회
          카페 · cafe.daum.net/ggmh
북디자인  김 은 숙
인쇄·제본  (주)금강인쇄
펴낸 곳   도서출판 시인
          등록번호 제384-2010-000001호
          등록일자  2010년 1월 11일
          13992 경기도 안양시 만안구 안양로 320번길 20(안양동) B동 2층
          Tel 031-441-5558   Fax 031-444-1828
          E-mail : siin11@hanmail.net

© 글길문학동인회 2016

ISBN 979-11-85479-12-5   03810

※ 이 책은 2016년 안양시 문화예술진흥기금 일부 지원받아 제작되었습니다.